KB128663

아들 넷 엄마의 슬기로운 정리 생활

아들 넷 엄마의 슬기로운 정리 생활

나는 행복하기 위해 정리 생활자가 되었다

초 판 1쇄 2024년 04월 29일

지은이 이현정
펴낸이 류종렬

펴낸곳 미다스북스
본부장 임종익
편집장 이다경
책임진행 김가영, 윤가희, 이예나, 안채원, 김요섭, 임인영, 임윤정

등록 2001년 3월 21일 제2001-000040호
주소 서울시 마포구 양화로 133 서교타워 711호
전화 02) 322-7802~3
팩스 02) 6007-1845
블로그 http://blog.naver.com/midasbooks
전자주소 midasbooks@hanmail.net
페이스북 https://www.facebook.com/midasbooks425
인스타그램 https://www.instagram/midasbooks

ISBN 979-11-6910-623-8 03810

값 17,500원

미다스북스는 다음세대에게 필요한 지혜와 교양을 생각합니다.

아들 넷 엄마의 슬기로운 정리생활

나는 행복하기 위해 정리생활자가 되었다

이현정 지음

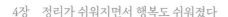

고민보다 정리

태어나면서부터 정리를 잘하는 사람이 있을까?

나는 왜 정리를 못하는 걸까?

정리 능력은 타고나는 것일까?

정리하지 않고 살 수는 없나?

정리에 대한 고민은 꼬리에 꼬리를 물었다. 네 아들을 키우면서 늘 마주하게 되는 아수라장에 정리는 오랫동안 나를 힘들게 했다. 반드시 풀어야 하고 해내야 하는 내 삶의 가장 큰 숙제였다. 평생 붙들고 해결해야 할 이 숙제를 나는 오늘도 해결하는 중이다.

사실 나는 정리를 잘하는 사람이 아니다. 시중에 출간된 '정리에 관한 책'에 간간이 소개되는 정리 못하는 사람의 이야기가 바로 나의 이야기다. 실내 자전거 운동기구가 옷걸이로 전락하고, 정리를 못해서 큰 손해를 입은 이야기는 자주 겪게 되는 나의 일상이었다. 그리고 정리 안 되어 있는 집의 Before와 변화된 After 사진을 보면 마치 우리 집이 변한 것 같은 느낌이 들고 우리 집에도 희망이 보였다. 그때 나는 바로 책에서 본 상쾌한 집을 만들기 위해 노력했다. 하지만 내가 마주하게 되는 정리의 현실은 그리 녹록지 않았다. 주말을 오롯이 정리로 시간을 보내며 정리해도 끝이 보이지 않았고, 잠깐 정리된 모습이 나타났다가 신기루처럼 이내 사라지는 것이 현실이었다. 그리고 겨우 정리된 집의 모습을 지속해 유지하고 싶었지만, 다시 켜켜이 쌓이고 널브러지는 물건들로 인해 점점 정리에 대한 자신감을 잃어갔다.

수년간 정리 책을 꾸준히 읽어오고 있다. 정리에 대한 열망만큼 신간이 나오면 찾아보고 읽고 또 읽었다. 그 덕분에 정리, 습관, 공간, 건축 등 다양한 분야의 책을 읽으면서 정리에 관한 생각을 정립해 갈 수 있었다. 그래서 지금은 어렵기만 했던 정리가 해 볼 만한 것으로 변했고, 놀랍게도 즐기고 있는 내 모습을 보게 된다. 단기간에 변할 수 있는 것이 아니라 시간이 걸리는 것을 알게 되었고, 매일 나 자신을 일깨우며 물건에 끌려다니지 않는 삶을 살기 위해 노력 중이다.

이 책에는 네 명의 아들을 키우며 10여 년 정리된 환경을 간절히 바랐으나 정리를 잘 못했던 사람이 정리 좀 하는 사람으로 변화된 이야기가 담겨있다. 그동안 읽었던 책들과 노력을 담았다. 살기 위해 정리하고 읽고 또 정리했다. 책벌레, 워킹맘, 다둥맘이라는 불리한 여건 속에서 정리하고자 고민한 흔적과 일상에서의 처절한 정리 몸부림이 담겨있다. 수년간 읽은 정리에 관한 많은 책은 대체로 미니멀리즘에 초점을 많이 맞추고 있었다. 정리에 관한 생각과 태도가 다르기도 하지만 '나랑은 안 맞아. 도저히 이렇게 완벽하게 집을 비우지는 못하겠어.'라는 생각이 나의 결론이었다.

나처럼 '정리 DNA는 타고나는 거야. 나는 그런 DNA가 없어.', '내가 정리만 잘하면 다른 일들도 다 잘될 것 같은데.'라고 생각하는 분들이 있을 것이다. 그리고 '미니멀리즘은 나랑 안 맞아. 다 비워버리면 불편해서 어떻게 살아?'라고 생각하는 나와 같은 처지와 환경, 생각을 하는 사람들에게 조언과 도움을 주고자 한다. 이른 아침 그리고 늦은 밤의 정리가 있고, 웃기는 정리, 슬픈 정리, 시간에 쫓기는 정리, 여유 있는 정리가 있다. 이 책을 읽는 당신도 정리에 여러 수식어를 붙일 수 있기를 바라며 나의 정리 이야기를 풀어본다. 기왕해야 할 정리라면 웃으면서 할 수 있기를, 이 책을 읽은 후에 "정리 자신감이 조금 생겼어요."라고 이야기하는 분들이 몇 분이라도 생기기를 바란다.

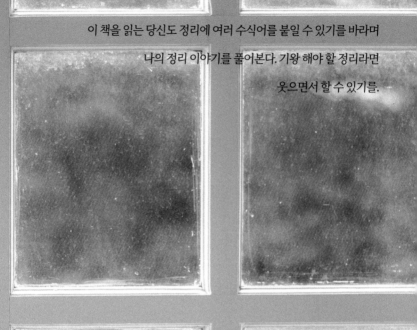

이 책을 읽는 당신도 정리에 여러 수식어를 붙일 수 있기를 바라며

나의 정리 이야기를 풀어본다. 기왕 해야 할 정리라면

웃으면서 할 수 있기를.

1
장

아	들		넷		엄	마	는			
왜		정	리	를		시	작	했	을	까?

살기 위해 정리합니다

아이들이 하나, 둘 태어나면서 아이들에게 필요한 물건들이 집을 메우기 시작했다. 혼자서 앉지 못하는 아기를 위한 범보 의자부터 시작해서 보행기, 유모차, 각종 장난감을 샀다. 그 외에도 귀여운 아기를 위한 크고 작은 물품들이 필요해서 하나씩 하나씩 사들였다. 결혼 전부터 네 명의 아이를 계획했던 터, 다음에 태어날 아기들을 위해 버리지 않고 보관하다 보니 당장 쓰지 않더라도 여기저기 자리를 차지하여 집은 점점 포화상태에 이르게 되었다. 특히 아이들 책이 차지하는 공간이 가장 컸다. 책을 꽂기 위해 책장을 새로 사도 전집 한 세트가 순식간에 책장 서너 칸을 메워버려 우리 집은 책장이 늘 모자랐다. 이사를 할 때마다 이사업체 직원들은 책이 많다는 말을 빼놓지 않았다. 최근 이사 때에도 "온데가 책이네요."라는 말을 툭 내뱉는데, 나는 인정할 수밖에 없었다. 신발장에도 책을 넣어 두었으니 말이다.

『두 남자의 미니멀라이프』와 도미니크 로로의 『심플한 정리법』, 곤도 마리에의 『인생이 빛나는 정리의 마법』, 일본의 미니멀리즘 열풍을 반영한 『나는 아무것도 없는 방에서 살고 싶다』 등의 책을 통해 '집은 소유한 물건을 쌓아두는 곳이 아니라, 잠을 자고 목적에 맞게 일상의 활동을 취하는 장소가 되어야 한다.'라는 것을 깨달았다. 구체적으로 곤도 마리에는 일상에 내가 좋아하는 것들만 남기는 것의 의미를 알게 해주었다. 도미니크 로로는 정리하는 마음에 대해 생각해 보게 했다. 그리고 『나는 아무것도 없는 방에서 살고 싶다』 책에서 소개된 방에는 물건이 거의 없었다. 우리 집이 여러 산만한 물건들로 넘쳐나고 있을 때, 책에서 보이는 아무것도 없는 방은 나에게 잠시나마 안정을 가져다주었다. 배낭 하나만 있으면 이사할 수 있는 사람도 있었다. 필요한 물건이 배낭 속에 다 있다고 하니 놀라웠다. 어떤 책에는 몇 개 되지 않는 옷을 사계절 코디해서 입는 방법이 담겨있고 집 안에 물건을 거의 두지 않았다. 그런데 책의 후반부로 갈수록 나는 의심이 생겨나기 시작했다. '어딘가에 물건을 숨겨둔 것은 아닐까? 물건이 없어도 너무 없다. 창고가 하나 있는 게 틀림없어. 사계절 똑같은 옷을 입고 싶지는 않아. 미니멀하게 사는 것이 의미가 있을까?'라는 생각이 들기도 했다. 하지만 나의 처지가 처지인 만큼 '우선은 최소한의 정리라도 시작해 보자'로 결론을 내렸다.

그래서 미니멀리즘을 따라 홀가분하고 깨끗한 공간에서 살고 싶다는 생각에 최대한 물건을 정리하기 시작했다. 넷째 아들이 태어난 무렵에는 남편 직장에서 제공하던 20평 남짓한 사택에서 여섯 식구가 살게 되었는데 좁은 공간 탓에 가족끼리 아웅다웅 부딪칠 때가 많았다. 그래서 가만히 있는 물건들도 소란스럽게 느껴졌다. 생활을 힘들게 하는 물건들을 버리기 시작했다. 부피가 크거나 쓸모없고, 망가진 물건들을 주로 버렸다. 금요일까지 열심히 출근해서 일하고, 주말에 그동안 못했던 정리를 몰아서 했다. 그러나 주말에 가족 모임 등의 약속이 생기거나 하면 정리는 그만큼 다음으로 미뤄졌다. 아이들에게 깨끗한 환경, 좋은 환경을 제공해 주지 못하는 것 같아 마음이 아팠다. '내가 워킹맘이 아니면 정리할 시간이 충분히 생길 테니 더 잘할 수 있을까?' 나의 노력과는 다른 현실로 인해 처음 가졌던 의욕은 점점 사라졌지만 시간이 지나면 지날수록 정리에 대한 필요는 더욱 절실해졌다.

나는 어쩌다 이렇게 물건을 정리하는 것이 어려워졌을까? 정리에 관한 책 속에서 그 이유를 찾을 수 있었는데, 물건이나 상황에 의미를 부여하기 좋아하는 나의 성향 탓이었다. 어릴 때 쓰던 필통, 가수 변진섭의 스티커 사진이 붙여진 철제필통을 아직 가지고 있었다. 고등학교 때 단짝 친구가 준쪽지가 곳곳에서 나왔다. 그렇게 가끔 추억들이 불현듯 찾아오게 하는 오래된 물건들이 나는 좋았다. '아직도 그런 물건을 가지고 있니?' '뭐 하려고?' 그런 이야기를 할지 모르지만 그런 물건들이 그냥 나에게 의미가 있었다. 이렇다 보니 나에게 정리는 단번에 해치울 수 있는 과제가 아닌, 단계적으로 계획을 세워서 하나씩 실행해 바꾸어 가야 할 프로젝트였다. 그래서 정리력을 키울 수 있는 책을 열심히 읽어나가기 시작했다.

책을 통해 편리함을 쫓아 물건을 사지 않는 것이 물건을 늘리지 않는 방법임을 알게 되었다. 또한 물건을 쓸 때만 꺼내서 사용하고 제자리에 두는 것이 깨끗함을 유지하는 방법임을 깨달았다. 한 끼 밥만 짓고 그 밥을 먹은 후 전기밥솥을 매번 서랍장에 보관해 두는 모습은 매우 놀라웠다. 우리 집 전기밥솥은 매일 24시간 보온 상태로 매일 그 자리에 놓여 있는데 말이다. 책을 읽으며 정리에 동기부여를 해나갔다. 멘토를 만나 가르침을 받는 것 같기도 하고 정리 동지가 여러 명 생긴 것 같기도 했다.

정리가 힘들지만, 아직 어린 네 아이의 엄마이기에 정리를 못한다고 내팽개칠 수 없었다. 정리를 잘하고 싶다고 발버둥치며 고민한 만큼 나의 정리력은 조금씩 자랐고 정리가 무엇인지 어떻게 하는 것인지 조금씩 노하우가 쌓이게 되었다.

그렇게 네 아들의 엄마는 살기 위해 정리를 하기 시작했다.

정리생활자의 한마디

정리가 필요하다고 느끼는 순간이 정리력이 뿌리내리는 순간이

다. 정리력이 삶에 생기를 더해줄 것이다.

정리를 잘하고 싶어서

　정리를 잘하고 싶어서 주변에 정리를 잘하는 사람을 떠올려 보았다. 나와 한 달 차이로 결혼한 첫째 동서가 떠올랐다. 동서의 집은 언제나 깔끔하다. 명절에 만나 어떻게 정리하는지 물어보았다. "쓸모가 사라진 물건은 바로 정리해요." 물건이 얼마나 괜찮은지 앞으로 얼마나 사용 가능한지 등을 재지 않는다고 했다. 자신의 공간에 쓸모가 없어진 물건이 있는 것이 싫다고도 했다. 또 한 명은 올케, 내가 우리 집에서 나온 물건을 정리하며 필요한지 물어보면 늘 필요 없다고 시원하게 말하는 사람이다. 때론 섭섭하고 민망했으나, 필요해도 웬만해선 물건을 들이지 않으려는 태도가 그저 신기했다. 정리에 관해 이야기를 나누다 알게 된 사실은 올케는 물건에 애착을 두지 않는다고 했다. 물건은 물건일 뿐이라고, 물건에 특별한 의미를 두지 않는다는 것이다. 진정 자신이 사는 공간을 잘 지켜내는 방법을 아는 것 같았다.

나는 물건에 의미를 부여한다. 지금은 필요 없는 아이들이 사용했던 물건조차도 추억이 떠올라 애착이 생긴다. 그래서 쉽게 버리지 못하고 계속해서 여기저기에 보관했다. 하지만 모든 사람이 나처럼 물건에 의미를 부여하지 않는다는 것과 모든 물건에 의미를 부여할 필요가 없음을 알고 매우 놀랐다.

또 간혹 물건을 되도록 처음부터 소유하지 않으려는 사람도 있었다. 늘 생활해 오던 바가 있어서 새롭게 일을 벌이지도 않고 물건이 없는 단순함을 즐기는 사람들이었다. 새롭고 신기한 물건이 있으면 써보고 싶지 않은가? 또 디자인이 예쁘게 업그레이드 되었다면 또 하나 갖고 싶지 않을까? 그런데 그들은 새로운 물건에 요동하지 않았다. 더군다나 그들은 물건을 사용한 후에 당근 마켓, 중고 매장에 쓸모없어진 물건을 되팔아 이윤을 남기는 능력까지 있다. 물건을 잘 순환

시키고 집에 물건을 쌓아두지 않는다. 물건에 집착하지 않는다. 꼭 필요한 새로운 물건을 들일 땐, 미련 없이 떠나보내는 것이 먼저이다. 시원시원한 사람들이다.

이렇듯 주변에 정리 잘하는 사람을 만나면 내가 갖지 못한 부분을 갖고 있어서 매우 위대해 보였다. 나에게도 저런 능력이 있었으면 좋겠다고 생각했다. '단순해지자. 단순해지면 된다. 눈 딱 감고 버리자. 물건이 없으면 분류로 골치를 썩이지 않아도 될 거야.' 이렇게 나 자신을 스스로 설득하고 정리 잘하는 사람을 닮아 가려고 했다. 하지만 그럴수록 뭔가 나와 맞지 않는다는 생각과 감정을 느끼면서 나에게 맞지 않는 옷을 억지로 껴입는 듯했다. 나에게 필요한 정리 방법은 무엇이며 나는 어떻게 살고 싶은가?

물건에 대한 내 생각과 감정들, 정리의 가치, 정리의 필요성, 나의 실태 등을 곰곰이 생각해 보는 시간을 많이도 가졌다. '나는 정리를 잘하고 싶다.' '나는 정리로 변화되고 싶다.' '나에게 필요한 정리를 하고 싶다.' '내가 할 수 있는 정리를 하고 싶다.'라고 생각하던 나에게 조금씩 햇살이 비쳤다.

정리하지 않으면 함께 사는 사람들이 집에서 행복할 수 없다는 것이 정리를 결심한 제일 큰 이유로 다가왔다. 내가 사랑하는 사람들을 행복하게 해주는 것이 나를 행복하게 하는 것이 아닐까? 나의 잘못된 정리 습관 때문에 남편과 아이들이 불편하게 살고 있었다. 나의 힘든 몸과 마음을 아무도 알아주지 않는다는 생각과 함께 어질러진 집안을 볼 때면 아이들을 닦달하곤 했다. 네 명의 아이와 함께 행복하게 사는 삶은 결혼 전부터 내가 꿈꾸는 삶이었음에도 나는 그 꿈을 잊고 있었다. 소중한 추억이라는 이름 뒤에 오래되고 쓸모없는 물건들을 짊어진 채 힘들어하고 있었다. "누가 나 좀 도와주세요." 조난 신호를 보내지만 나를 도와주고 구해 줄 사람은 없었다. 도움을 받을 준비도 되지 않은 나는 혼자 망망대해를 떠돌고 있는 심정이었다. 참고로 남편은 정리를 돕지 않느냐고 의문을 가지는 분들도 있을 것이다. 사실 나는 내 물건이든 아이들 물건이든 물건에 대한 의미를 부여한 탓에 남편의 판단에 따라 무언가가 버려지는 것을 원치 않았다. 그래서 남편이 정리하려 들 때면 무얼 버리는지 감시하느라 서로의 감정이 힘들어지곤 하였다. 그런 이유로 내가 먼저 정리를 시작해야만 남편도 함께 정리를 시작할 수 있는 상황에 이르게 되었다.

나는 집안일을 척척 하면서 일도 하고 책도 읽고 글도 쓰고 싶다. 그리고 육아도 정리도 잘하고 싶다. 나의 정리는 그런 방법을 찾아가는 여정이라고 말할 수 있겠다. 오늘도 주변 사람들과 책을 통해서 정리를 배운다.

내 이름은 이현정이다. 어질, 현명할 '賢(현)' 곧을 '貞(정)'을 써서 현정이며 영어식으로 읽으면 현정리(HyeonJeong Lee). 이름에 정리라는 말이 들어갔다. 현명하게 정리하는 사람으로 해석해 본다. 내 이름에 정리라는 글자가 들어있어서 좋다. 정리는 나의 운명이었다.

정리생활자의 한마디

모든 물건에 의미를 부여할 필요는 없다. 물건은 생활을 도와주는

것일 뿐 사용 후에는 과감하게 떠나보낸다.

정리는 정리를 낳는다

우리 가족은 여섯 명이다. 남편과 나, 아들 네 명이 함께 산다. 사람이 많으니 매일 쓰는 수건이 최소 열 개 이상이고, 빨랫감의 절반은 수십 장의 수건이 차지한다. 그래서 막상 수건을 쓰려고 하는데 개어 놓은 수건이 없어 종종 난처할 때가 있다. 수건은 빨래 후 건조, 개기, 수건 장에 수납하기까지 정리의 과정을 밟아야 하는데 어느 과정에 문제가 생기면 수건장에 수건이 없는 일이 발생하는 것이다.

네 명의 아들을 키우는 일상은 평범하지 않았다. 약 10년 전 큰아들이 7살, 작은아들이 4살, 그리고 셋째를 임신하고 있을 때의 일이다. 임신 5개월까지는 입덧이 심해서 몸과 마음이 매우 힘들었다. 출산일이 다가올수록 몸은 더 무거워져 집안일은 엄두도 내지 못한 채 마치 하루살이처럼 살아가는 듯했다. 그때 2층 단독주택에서 살았는데 1층에 세탁기 둘 곳이 마땅치 않아 2층에 두었다. 마침 세탁실과 바로 연결되는 방이 비어 있었다. 커다란 건조대를 두고는 빨래가 끝나면 바로 건조대에 널었다. 그런데 몸이 무겁고 힘들 때라 마른빨래를 개지 않고 바닥에 아무렇게 쌓아두었었다. 빨래를 개어 각각의 서랍장으로 정리되는 과정이 이루어지지 않으니 나는 아침 출근을 준비할 때마다 2층 계단을 힘겹게 올라가야만 했고, 그 바쁜 시간에 산처럼 부른 배를 한 손으로 받치고는 옷더미 속에서 필요한 옷, 양말들을 찾아 헤매야 했다. 매일 전쟁 같았던 그때, 그 모습은 지금 생각해도 아찔하다. '참 힘든 시절을 보냈구나.' 싶기도 하면서 '정리하는 요령을 알고, 습관을 지녔더라면 덜 힘들었을 텐데.'라는 아쉬움도 든다.

아침에 수건장을 열었을 때 닦을 수건이 없고, 옷장을 열었을 때 입을 옷이 없을 때의 참담함을 아는가? 그리고 바쁜

데 서랍장의 양말은 꼭 한 짝이 없다. 짝이 보이지 않는 양말을 포기하고 다른 양말을 찾아보아도 같은 상황이다. '양말은 왜 두 짝일까?', '짝이 없는 양말은 왜 이렇게 많을까?', '양말을 더 사야 하나?' 매일 아침 별것도 아닌 것이 정리되지 않았다는 이유로 마음을 어수선하게 했다. 아이들과 남편의 매일 반복되는 불평으로 골치가 아팠다.

그때는 그때의 힘겨움 때문에 정리라는 무기를 사용하지 못했다. 이젠 나의 생활을 조금 도와줄 수 있는 최소한의 무기들이 생겼다. 그 무기 중 하나가 바로 수건 개기이다. 수건은 개기가 쉽다. 빨랫감의 절반을 차지하기 때문에 빨랫감이 순식간에 줄어든다. 개는 방법이 단순하니 개는 재미도 있다. 수건을 개고 나면 다른 빨랫거리들은 정복하기가 쉽다. 빨래의 부피로 인해 도망치고 싶은 순간에 수건을 공략하여 승리를 맛본다.

수건을 수건장에 가지런히 정리해 두면 마음이 든든해진다. 우리 가족이 며칠을 살아갈 밑천이 마련된 것 같다. 수건이 잘 정비된 날은 "수건 한 장만 가져다줘."라고 다급한 목소리로 가족들에게 외치지 않아도 된다. 수건으로 인한 신경전과 분주함을 미리 예방할 수 있다. 그동안 나도 모르게 일하는 엄마이기에 '나는 이 정도만 해도 충분해.'라는 말을 하며 자신을 위로해 왔다. 요즘도 문득 이런 순간이 있다. 하지만 이런 위로는 되도록 하지 않으려 노력한다. 개선할 방법을 찾아보는 것이 낫다는 생각이 들었기 때문이다.

토요일 오전, 세탁기와 건조기가 신나게 돌아간다. 우리 가족이 열심히 살았다는 증거라는 생각이 들어서 흐뭇하다. 세탁 중인 옷을 입고 각자의 공간에서 공부하고 일을 할 것이다. 이제 빨래는 20분이면 갤 수 있다. 수건, 큰 빨래, 작은 양말 순으로 갠다. 여섯 명의 양말은 좀 복잡하고 귀찮지만, 이 고비의 순간을 잘 넘긴다. 그리고 빨래를 다 갠 후 숨을 돌리기 전에 재빨리 서랍으로 이동시킨다. 빨래는 순식간에 자취를 감춘다. 빨래 개기 끝.

인류 최고의 발명품 중 하나가 세탁기라고 한다. 세탁기가 발명되기 전까지 여자들이 대부분 시간을 빨래하는데 보냈다는 것은 새삼 충격이었다. 여성들이 냇가에서 빨랫방망이로 빨래의 때를 제거했다. '따뜻한 물이 없는 추운 겨울에는 얼마나 손이 시리고 추웠을까?', '옛날에 태어났다면 어쩔 뻔했을까?' 생각만 해도 끔찍해서 눈을 질끈 감게 된다. 과거에 비해 지금은 빨래가 차원이 다르게 쉬워졌다. 기계에 넣고 버튼만 누르면 빨래가 되어 있으니, 참 살기 좋은 세상이다. 그러나 세탁기가 있다고 해서 정리가 필요하지 않은 것은 아니다. 세탁기가 없던 시대에는 옷이 몇 벌 되지 않으니 그만큼 빨랫감이 적어 오히려 정리가 쉬웠을 터이다. 그러나 지금은 계절별로, 날씨와 기분에 따라 다양한 색깔과 디자인의 옷들이 세탁기를 거쳐 정리를 기다리고 있다.

정리를 힘들어하던 나에게 수건 개기는 정리를 잘할 수 있다는 자신감을 불어넣어 주었다. 수건 개기가 정리의 시작이 된다는 것을 수건을 개면 갤수록 깨닫게 된다. 수건 개기는 양말의 짝을 찾아야 하는 수고로움도 없고, 티셔츠를 접어야 할 때와 같은 고민도 하지 않아도 된다. 그냥 아무렇게나 접어도 각이 나오고 틀이 잡히니 아주 쉽게 정리를 시작할 수 있다. 그래서 수건을 개고 나면 에너지가 솟아난다. 수건을 개는 동안 마음이 편안해지며 다른 정리를 하고 싶게 만드는 원동력도 생긴다. 정리는 정리를 낳는 법이다. 정리가 어려운가? 정리가 잘되지 않는가? 수건 개기부터 시작해 보자. 수건을 개다 보면 나도 정리를 잘할 수 있다는 자신감이 생길 것이다. 수건을 많이 개 본 사람의 내공이 정리 전문가의 내공이지 않을까?

정리생활자의 한마디

정리 생활을 도와줄 최소한의 무기는 수건 개기다. 수건을 한 장 씩 개다 보면 정리 자신감이 생긴다. 정리는 정리를 낳는다.

쓸고 닦고, 작지만 해야 할 일

"운명을 역전시키려면 손에 걸레를 드십시오." 마쓰다 미쓰히로의 『청소력』에서 나온 이야기이다. 쓰던 수건 중에서 낡고 찢어진 것들을 걸레로 재활용했다. 가위로 절반으로 자르니 손에 잡히기 아주 좋은 걸레가 되었다. 닦아 내야 할 때, 특히 잘 쓸리지 않는 때에 걸레를 사용하면, 걸레의 작은 돌기들이 먼지와 때를 효과적으로 제거해 준다. 어지럽혀진 곳을 물기가 묻은 걸레로 싹 닦아 내면, 크고 작은 부스러기와 먼지들까지 사라진다. 더러운 곳을 청소할 때는 내 마음도 함께 깨끗해지는 듯한 느낌이 든다. 걸레 덕분에 공간은 상쾌하고 새로워진다. 걸레가 있어서 마음이 든든하다.

아이들이 어릴 때, 친정엄마가 어질러진 우리 집을 깨끗이 청소해주곤 하셨다. 나는 엄두도 내지 못할 일인데, 엄마는 불도저처럼 걸레 하나로 방바닥의 모든 때와 먼지, 널브러진 물건들을 밀어붙이셨다. 엄마의 청소력에 늘 놀랐다. '엄마가 다녀가시면 왜 이렇게 반짝일까?', '이 깨끗한 기운은 어디에서 오는 걸까?' 자주 생각했다. 엄마의 걸레 사용 기술에는 자식과 손자들을 향한 사랑이 더해진 청소 마법의 비밀이 있었다. 예전에는 그 마법의 비밀을 몰랐다. 친정엄마에 비하면 아직 많이 부족하지만, 열심히 걸레질을 연마 중이다. 아이들을 사랑하는 마음을 걸레질에 담아, 훗날 엄마만큼의 내공이 쌓이기를 기대하고 있다.

걸레 못지않게 유용한 빗자루는 진공 청소기에 비하면 느리고 사람의 힘을 많이 필요로 한다. 손아귀에 힘이 들어가고 허리는 구부정한 자세를 취하기 때문에 어느새 허리가 아파온다. 그래도 빗자루질을 멈출 수 없다. 쓸면서 마음의 먼지를 떨어낸다. 구석구석에 쌓인 머리카락, 먼지를 찾아 모은다. 시간의 흐름이 느껴지는 순간이다. '언제 먼지들이 이렇게 모여들었지?' 생각하며 분주히 살았던 지난 시간을 반추해 본다. 이렇게 쓸고 닦는 일은 사람을 조금 겸허하게 만든다. 바쁘게 살아가지만 잠깐 멈추어 쓸고 닦는 일상이 더 소중할지도 모른다는 생각을 한다. 쓸고 닦으며 나를 돌아보며 여유를 찾아주는 시간을 갖는다.

어느 날, 특별한 빗자루를 만났다. 이는 요술 빗자루가 아니다. 우연히 도서관에서 책방 투어 프로그램에 참여했다. 설레는 마음으로 '책방 19호실'에 방문했다. 그곳은 책방 주인의 취향이 묻어나는 곳으로, 어두운 초록색 벽과 나무책장, 인도풍 커튼이 독특한 분위기를 자아냈다. 책방의 분위기와 책에 매료되어 열심히 책을 골랐다. 책방지기와의 대화는 서로의 취향을 공유하는 즐거운 시간이었다. '2색으로 즐기는 자수 생활'이라는 책을 고른 것을 보고, 책방지기는 깜짝 놀라며 말했다. "여태껏 그 책을 산 사람은 없었어요. 손님이 처음이에요. 아무도 사지 않더라고요." 다른 서점에서도 같은 책을 본 적이 있었지만, 그때는 사지 않았다. 하지만 이 책방에서는 사야겠다는 생각이 들었다. 이 책이 책방의 느낌을 고스란히 담고 있는 책이라는 생각이 들어 집어 들었는데, 예상치 못하게 책방지기와 나의 기호가 일치하다니. 내가 멋진 책방에서 책을 잘 샀다는 생각이 들어 뿌듯한 마음이 들었다. 책방지기와 나눈 대화는 더욱 특별한 경험이었다.

책방지기는 직접 수 놓은 천을 보여 주었다. 하얀 천에 노란색 실로 수놓은 파인애플이었다. 그리고 책방지기 뒤에 걸려있는 빗자루를 보게 되었다. 책방지기는 오방색 비단 천이 손잡이에 둘려져 있는 조그마한 싸리 빗자루를 소개하였고, 나는 호기심 어린 눈으로 빗자루를 살펴보았다. 장인이 만든 빗자루라고 했다. '우리나라에 빗자루 만드는 장인이 있구나. 장인이 만든 빗자루로 쓸면 어떤 느낌일까?' 빗자루와 수놓은 천을 좋아하는 사람을 만나니 마음이 따뜻해졌다. 자신이 머무는 공간을 사랑하는 마음이 느껴져서일까? 책과 함께 단정하게 정리된 공간은 감동을 준다. 사람을 맞이하기 위해 쓸고 닦는 작업은 작지만 소중한 일임이 틀림없다.

또 다른 '오누이 북앤샵'에서는 책의 먼지를 닦는 솔을 발견했다. 그 솔을 통해 우리 집 책들도 새롭게 돌보고 싶다는 생각이 들었다. 걸레와 빗자루는 작지만 중요한 일을 하는 데 큰 힘이 된다. 오늘도 나는 쓸고 닦으며, 주변을 깨끗하고 아름답게 가꾸어 간다.

걸레는 청소할 때 든든한 동지다. 닦으면서 희미했던 것들이 선명

해진다. 닦는 것마다 반짝이고 내 마음도 반짝이는 느낌이 든다.

2
장

하면 할 수록 좋아지는
정리의 마법

정리 습관의 힘

'정리해야지. 정리할 거야!'라는 말을 많이 했다. 정리가 의무적이지 않고 즐겁게 변할 수 있을까?

정리가 너무나 큰 바위 같아서 아무리 깨려고 해도 깰 수 없고 꿈쩍도 하지 않는 바윗돌 같았다. 잡동사니들 또한 그랬다. 한구석에 잡동사니들이 몇 개 보였는데 점점 살이 붙어 큰 기운을 가진다. 그 기세에 눌려 치울 엄두를 못 내고 오히려 물러서는 내 모습을 보았다. '잡동사니는 힘이 약하다. 힘이 약하다.' 스스로 주문을 거는 날도 많았다. 온갖 것으로 쌓인 잡동사니를 해체하고 싶은 마음에 결심하고 잡동사니를 하나씩 정리해 나갔다.

잡동사니를 정리하기 힘든 이유는 어떤 기준 없이 다양한 종류들이 모여 있기 때문일 것이다. 그래서 잡동사니에 눈길을 피하고 애써 무시하며 내 할 일을 할 때가 많았다. 그런데 무엇을 하려고 해도, 무엇에 집중하려고 해도 구석 한쪽에 자리 잡은 잡동사니의 그 어수선한 기운 때문에 마음을 빼앗기게 된다. 지금, 이 순간도 그렇다. 어디에서 간장 냄새가 솔솔 난다. '어제 저녁 식탁을 깨끗이 정리해 두고 잤는데. 간장 냄새라니, 틀림없이 누군가 만두를 먹고는 그대로 두었군.' 간장 냄새를 외면하고 내 할 일을 하려 했으나, 냄새 때문에 도저히 일에 몰두할 수가 없다. 하던 일을 멈추고 식탁을 치운다.

지금 사용 중인 내 책상은 크기가 커서 물건을 올려놓기 좋다. 때로는 온갖 물건들이 책상을 점령하곤 한다. 지금도 절반이 잠식당한 상태다. 은근히 신경이 쓰인다. 먼저 잡동사니 가운데 쓰레기를 쏙 뽑아낸다. 감말랭이를 먹고 버린 봉지는 명백한 쓰레기다. '이렇게 큰 쓰레기를 던져놓았다니.' 심지어 색깔도 오렌지색이었다. 정신을 산만하게 하기에 충분한 색깔이다. 큰 쓰레기 2개를 제거하니 쓸 만한 것들만 남은 것 같다. 연필과 가위가 누워 있다. 연필꽂이에 쏙쏙 꽂아준다. 세워주어야 할 것들을 세우니 맘이 좀 편하다. 커다란 A4 크기의 도서관 안내장이다. 종이끼리 모아두자. 필요 없는 영수증도 버린다. 이제는 크기가 작은 쓰레기들이다. 누가 봐도 쓰레기인 것들은 고민할 필요가 없기에 반갑다. 버리면서 속이 시원하다. 크기가 작은 것들을 비슷한 것끼리 모으면 정리 끝.

정리 습관의 힘은 어디에서 오는가? 나는 일상에서 정리의 필요성을 간절히 느끼고 있었다. 정리가 필요한 곳이 어딜까? 누가 뭐래도 나에게는 주방이다. 아이들이 많아서 한 끼만 먹어도 싱크대가 수북이 쌓인다. 아이들이 먹고 올려 둔 컵도 정말 많다. 음식물 찌꺼기와 쌓인 그릇을 보면 피곤이 몰려온다. 또 하나의 바윗돌이 나를 짓누르는 느낌이다. '내가 저 그릇들과 씨름하여 이길 수 있을까? 난 이미 에너지를 많이 써서 너무 피곤한데.' 쌓여 있는 그릇들을 보는 것만으로도 나를 더 기운 빠지게 한다. 그런데 싱크대에 수북이 쌓여 있는 그릇들은 아이들을 불편하게 하고 있었다. 먹성 좋은 아들들인데 세척된 그릇과 컵이 없으니 얼마나 불편하겠는가? 그래서 나는 주방을 정리하여 아이들의 마음을 지키는 파수꾼이 되기로 했다.

매일 아침저녁으로 주방을 정리하다 보니 요령이 생겼다. 접시, 밥공기 숟가락, 젓가락이 싱크대 여기저기에 산발적으로 흩어져 있다. 내 정신도 같이 산만해지려 한다. 이때 우선 모든 물건을 싱크대로 모은다. 싱크대 상판을 먼저 깨끗이 비워두면 성취감도 있고 다음 일도 좀 쉬워 보이기 때문이다. 그리고 매일의 모습을 사진으로 찍어둔다. 한 공간의 변화는 다른 공간의 변화로까지 이어진다. 깨끗한 공간이 주는 느낌을 한 번 맛보면 나에게 그 공간을 계속 선물해 주고 싶은 마음이 생긴다. 그렇게 정리는 습관으로 자리를 잡아 가고 있었다.

『인생이 빛나는 정리의 마법』의 저자 곤도 마리에는 정리는 축제를 벌이듯이 한 번 하고 나면 일상의 정리가 남아 있을 뿐이어서 그 이후는 별로 힘들지 않다고 하였다. 작년 5월 1일, '근로자의 날'이 내가 정한 정리 축제의 날이었다. 온종 일 정리했다. 어느 정도 집이 정돈되고 나니 일상이 좀 가벼 워지고 쉬워지는 느낌이 들었다. 그리고 물건의 제자리를 정 해주는 것이 '정리'라는 것을 생각하면 물건이 제자리를 찾지 못하고 떠도는 것을 막을 수 있다. 그래도 물건이 제 자리를 찾지 못하고 계속 떠돌고 있는 것을 포착한다면, 그 공간이 포화상태에 이미 이르렀음을 경고하는 지표가 된다.

매주 금요일은 마음이 바쁘다. 한 주간을 마무리하는 날이 니만큼 학생들이 활동하였던 교실을 잘 정리하여 새로운 한 주를 맞이할 준비를 하기 때문이다. 일주일의 활동도 돌아보 고 교실도 깔끔히 정리해 둔다. 이제 정리하는 습관은 내가 있는 공간을 상쾌한 공간으로 만드는 힘의 원천이 되었고, 무엇보다 큰 보람과 즐거움을 가져다주고 있다.

잡동사니는 힘이 약하다. 잡동사니를 자세히 보면 쓰레기가 보

인다. 다시 보면 쓰레기가 또 보인다. 잡동사니의 부피에 압도당

하지 않는 자세가 필요하다.

어디든 정리할 수 있어

프란츠 카프카는 '일상이 우리가 가진 전부다.'라고 했다. 정리를 생활화하다 보니 매일의 일상이 정리라는 생각이 들었다. 중요한 것을 빠뜨리지 않고 정리를 잘 마무리하기 위해서는 매일 틈틈이 정리해야 한다는 것을 깨달았다.

또 정리에 관심을 두다 보니 정리를 잘하는 사람을 계속 관찰하게 되는데 그들의 공통점은 자신이 할 수 있는 만큼 일하며 계획을 잘 세우는 모습을 보였다는 것이다. 이런 사람들은 여유가 있어 보이고 정리할 것도 별로 없어 보인다. 반면에 나는 여유가 별로 없다. 또 세상에 재미있는 것이 많고 궁금한 것이 많으니 궁금하면 스스로 탐구과정에 들어간다. 때로는 너무 몰입하여 시간이나 주변 상황을 잊어버리기도 한다. 여유 없이 바쁜 일상을 보내며 탐구심까지 있어 네 명의 아이를 키우는 것이 어렵기만 했다.

아이들 식사 준비, 청소, 정리에만 열중할 수 있다면 좋겠다고 바라던 중 휴직하게 되었다. 엄두가 나지 않는 집안일들을 휴직하는 동안 해 볼 수 있었다. 어느 날은 스스로 '종일 집안일만 하기' 임무를 주었다. 빵을 만들고 김치를 담그는 일에 도전하는 날도 있었다. 시간이 오래 걸렸지만, 보람 있고 재미있었다. 김치를 담그는 날은 새벽부터 일어나 씻고 좋아하는 앞치마까지 두르며 김치 담글 준비를 했다. 배추 절이기, 양념 준비하기로 하루가 다 갔지만, 아이들이 맛있어하고 즐거워하는 모습은 기대 이상의 선물이었다. 또 어느 날은 집을 깨끗이 정리해 두고 아이들이 오기를 기다리기도 했다. 진정한 미니멀리스트로 태어나는 기분이었다. 그런데 부작용이 있었으니, 깨끗이 정리된 집을 다시 어지럽히고 싶지 않아서 아이들이 올 때까지 소파에 가만히 앉아서 시간을 보냈다는 것이다. 내가 좋아하는 그림 그리기, 바느질은 뒷전으로 밀려났다. 집을 깨끗하게 유지하고 싶은 마음이 더 커졌다. 내가 하고 싶은 일을 하고 싶기도 하고 집을 깨끗하게 유지하고 싶기도 한 두 마음이 충돌했다. 그러면서 '단순해지기, 미니멀리스트가 무미건조한 삶이 아닐까?' 의심이 들기 시작했다. 역시 나와는 맞지 않는 것인가? 맥시멈리스트가 더 가까운 나와는 확실히 거리가 있다. 그런 거리감이 실제로 느껴지니 무작정 단순해지지는 말아야겠다는 생각이 들었다. 진정으로 단순해져야 할 부분만 단순해지기로 했다. 아무것도 하지 않고 호기심을 절제하는 삶은 내 삶이 아닌 남의 삶을 사는 것일지도 모른다는 생각이 들었기 때문이다.

때때로 불필요한 감정이 들 때가 있다. 내가 뱉은 말을 곱씹어 본다거나. 오늘 하루 만났던 사람에게 실수한 것은 없는지, 관계를 돌아보는 일로 힘들 때가 있었다. 하지만 이 부분에서는 미니멀해지기로 했다. 나를 힘들게 하고 별 유익하지도 않은 감정은 남기고 싶지 않다. 이런 감정들이야말로 버리고 정리해야 할 첫 번째 쓰레기임을 깨달았다. 그리고 어떤 상황에 마주하지 못하고 속으로 말을 할 때가 있다. 그리고 그 말이 마음속에 남아 생각을 잇는 경우가 있었다. 그래서 집에 있는 물건들을 정리해보았다. 마음에 그런 생각이 들더라도 몸이 정리 모드이기에 그런 생각이 남을 틈이 없다. 깔끔하게 다듬고 씻어내느라 쓸데없는 감정소비를 할 틈이 없어졌다는 것은 매우 좋은 점이다. 정리할 곳은 무한정 많다. 둘러보면 다 정리할 수 있다. 정리를 굳이 해야 하나? 예전 같으면 정리가 올무같이 느껴져 웬만하면 피해야 하는 것이었지만, 이제는 다르다. 어디든지 쓸거나 닦으면 벌써 정리 모드로 돌입하게 된다. 우리나라 속담에 '시작이 반이다.'라는 말이 있듯이 어느덧 정리 단계에 이를 수 있다. 우리가 힘든 것은 정리가 힘들다는 생각이 엄습하기 때문이다. 간혹 집 안을 떠도는 물건들은 어쩌면 나에게 필요 없는 것일지도 모른다. 공간이 없다면 먼저 자리를 확보해두고 그 빈 자리에 물건을 정리한다. 물건들의 제자리를 찾아주었을 뿐인데 나에게는 큰 변화가 생겼다. 바로 자신감이다.

물건이 제자리에 없을 때는 허둥지둥할 때가 많았다. '앗, 어디서 본 것 같은데 어디에 두었더라.' 생각하면서 허둥지둥

했다. '분명히 여기에 있었는데.' 하면서 계속 물건을 찾았다. 스스로 나무라는 마음도 들곤 했다. 그런데 물건들이 제자리를 찾으면서 물건을 찾을 때 마음이 편해졌다. 나를 믿는 마음이 생긴 것이다. 서랍을 열었는데 찾던 물건이 다소곳이 나를 기다리고 있다. '내가 넣어두었으니 다음의 내가 찾을 때 나를 도와줄 수 있었겠지.' 나에 대한 배려였고 사랑이었다. 그래서 나 자신을 믿고 사랑하는 마음이 생겼나 보다. 그동안 나는 자신에게 줄 수 있는 선물을 놓치고 있었던 것이었다.

정리할 곳이 많다. 손이 뻗치는 곳은 어디든 정리할 수 있다. 내가 있는 공간을 깨끗하고 상쾌하게 만드는 것은 나에 대한 사랑, 최소한의 예의임을 알게 되니 더 많은 곳을 정리하고 싶은 생각이 생겨난다.

물건들에 제자리를 찾아주는 순간, 자신감이 솟아난다. 주변을
둘러보며 작은 것이라도 제자리를 찾아준다.

불평보다 주도성

어느 토요일 오후 『유배도 예술은 막을 수 없어』를 읽었다. 조선시대의 위대한 어머니이며 여인상으로 남은 신사임당의 이야기가 나왔다. '신사임당은 남편과 떨어져서 생활했구나. 양반 집 규수여서 집안일을 하지 않아도 되었네.' 신사임당이 글을 쓸 수 있는 좋은 여건이라며 부러워했다.

어느 날은 '내가 좋아하는 조선 후기 규장각 검서관 이덕무도 남자였어. 그러니 책에 빠져 있을 수 있었던 거야.' 하면서 불평했다. 불평해 보아도 별 뾰족한 수가 없었다. 오히려 집안일을 할 때 한숨만 더 나올 뿐이었다. 그러던 어느 날 『읽기의 말들』이라는 책을 우연히 읽게 되었다. 이덕무가 서

얼 출신이니 농사일도 했다는 것이다. 일상의 일들을 하면서 책도 읽고 글도 썼다니.『책만 보는 바보』이덕무의 생활력을 새롭게 알게 되었다.

부러워하고 불평하는 나의 행동이 어리석게 느껴지면서 불평만 하지 말고 요령을 찾기로 했다. 먼저 냉장고는 비울 수 있을 만큼 비웠다. 필요한 음식만큼만 사서 먹었다. 정리하지 못할 음식 재료는 사지 않았다. 수시로 냉장고 안에 먹지 못할 음식들을 체크하고 비워내는 작업이 이루어졌다. 정리의 순간들은 사진을 찍어두었다. 나에게 큰 의미가 있는 사진이니만큼 쌓이는 인증사진은 나에게 보물과도 같았다. 그러면서 나의 공간을 내가 통제하고 컨트롤하는 주도성이 생기기 시작했다.

닦으면 닦을수록 집은 반짝이고 빛났다. 나에게는 언제든 출동할 준비가 되어 있는 걸레들이 있어 든든했지만, 어느새 걸레는 물에 젖어 더러워져 있다. '집안의 더러움이 걸레로 옮겨간 것이구나.' 이렇게 걸레는 쓰고 나면 더러워진다.

걸레가 애처로워 보인다. 자기 몸을 바쳐서 반짝임을 선물했지만, 이후에는 찬밥신세. 더러운 곳을 깔끔하게 정리해주는 소중한 존재이니만큼 찬밥신세가 되지 않게 씻어 말린다. "걸레야 고마워."

깨끗하게 청소해 둔 곳도 시간이 지나면 먼지가 쌓일 수밖에 없음을 인정하고 집안 곳곳을 수시로 닦는다. 어느새 기분이 상쾌해진다. 먼지들을 몰아내고 나면 삶의 정수만 남는 것 같은 느낌이다. 나의 정리 습관은 나에게 반짝이는 일상을 맞이할 수 있게 해주었다. 버티고 버티다가 할 수 없어서 하는 정리가 아닌 자발적인 정리를 하는 사람은 삶 전체가 반짝이지 않을까? 주도적인 정리가 사람을 살리고 빛나게 한다.

정리된 주방을 마주하면 기분이 매우 상쾌하다. 주방을 깨끗하게 유지하기 위해 애를 쓰면 쓸수록 즐거워졌다. 주방이 나를 반갑게 맞아주고, 토닥이는 느낌이 든다.

책을 넣기 위해 튼튼한 가죽 가방을 장만했다. 책 5권은 족히 들어간다. 목적지로 출발하기 위해 분주히 준비하며 열심히 가방을 챙긴다. 읽을 책들을 꼭 골라 넣는다. '이 책도 읽고 싶고 저 책도 읽고 싶어. 오늘 같은 날은 이 책을 읽는 게 좋을 것 같아.' 온갖 생각들을 떠올리며 가방을 챙겼건만 정작 가방에 무엇이 들었는지 모르는 날도 많다. 집에 도착하거나 학교에 도착하면 가방을 던져놓고 현재 시점에 몰두해 버려서 가방 속 물건은 까맣게 잊어버린다. 집에 돌아오면 온종일 책을 넣어 무거워진 가방이 안쓰러워 보였다. 가방 안에 있는 물건을 꺼내고 뒤집어 휴식을 준다. 『인생이 빛나는 정리의 마법』에서 곤도 마리에도 행하는 방법이다. 그녀는 집에 돌아오면 바구니에 가방 속 물건을 정리해 둔다고 했다. 나도 내가 좋아하는 가방에 휴식을 주고 물건을 정리하는 것을 실천하고 있다.

정리가 일상을 빛나게 해주고 있었다. 지치고 피곤한 순간에도 쓰러져 있는 물건을 바르게 세우고 버릴 것을 조금 찾아내어 버리고 나면 몸과 마음이 힘을 얻었다. 바닥을 닦고 있으면 내 마음이 깨끗해지는 것 같았다. 감정을 정리하고 걸러내는 일들이 쓸고 닦으면서 더 쉬워졌다.

청소는 피할 수만 있다면 피하는 것이라는 생각을 했던 내가 이제는 청소할 곳, 정리할 곳이 없나 살피는 생활을 하고 있다. 일상이 빛나니 나 자신도 빛나는 듯한 느낌이다. 어쩌면 내가 머무는 공간을 정리했기에 스스로에 대한 뿌듯한 감정들이 생겨났기 때문이 아닐까? 내가 주도성을 갖고 빛나는 하루하루를 만들어 갈 수 있다는 것이 내게 큰 기쁨이 되었다.

학교에서도 사람들이 없을 때 재빨리 탁자를 슬쩍 닦아 놓는다. 싱크대 주변을 수세미로 닦아 내고 물때를 제거한다. 우렁각시처럼 사람들이 눈치채지 못하는 것이 좋다. 내가 닦아 놓은 곳에 내가 사랑하는 사람들이 머무는 것이 마냥 기쁘다. 나는 행복한 청소부가 되고 싶다.

청소하고 정리할 것이 많다고 불평하기보다는 요령을 찾아 실천한다면 삶의 주도성을 갖게 된다. 빛나는 하루하루는 내가 만들어 갈 수 있다.

행복한 청소부: 청소의 영감을 찾아서

『행복한 청소부』그림책을 통해 멋진 청소부를 만났다. 독일 거리 표지판을 닦는 청소부다. 파란색 옷, 모자, 신발까지 갖춰 입은 그는 청소를 좋아한다. 거리 표지판을 열심히 닦고 보람을 느낀다. 그러던 어느 날, 한 아이가 어머니와 이야기를 나눈다. "저 아저씨가 글자의 선을 지워 버렸어요!". 청소부는 오해받는다. 아이는 행복이라는 뜻을 가진 '글뤼크'라는 글자에서 선 하나가 지워져 '글루크'가 되었다고 생각했다. 아이의 어머니는 아이가 모르던 다른 글자가 있음을 설명해주면서 표지판에서 글자가 지워진 것이 아니라고 얘기해 준다. '글루크'는 작곡가의 이름이었다. 이때 청소부는 자신도 아이처럼 글루크라는 사람에 대해 아이만큼 아무것도 모른다는 생각이 들어 직접 작가와 음악가에 대해 알아보기로 한다. 결국 그는 그동안 몰랐던 음악가를 공부하고 그들의 음악까지 듣고, 도서관에서 작가의 책을 읽기 시작한다. 이것을 계기로 휘파람을 불며 청소하던 청소부가 강연까지 하게 되는데, 그 강연이 유명해져 대학에서도 강연해 달라는 부탁이 들어오게 된다. 하지만 그는 청소일을 그만두고 싶지 않아 그 요청을 거절한다. 그는 청소부라는 자신의 직업에 보람을 느끼고 있었다. 도서관에서 자료를 찾으며 '더 일찍 책을 읽었더라면…' 아쉬워하는 청소부의 모습이 너무 멋있어 보였다.

그리고 또 한 권은 『서랍에서 꺼낸 미술관』이라는 책에 관한 이야기다. 미술사의 흐름을 바꾸거나 시대를 대표하는 작가들의 이야기가 아니었다. 의미 있는 그림을 그렸지만 크게 알려지지 않은 사람들에 관한 책이었다. 심지어 죽고 난 후에 알려진 사람들도 여럿이었다. 여러 인물 중 '헨리 다거'라는 사람이 인상적이었다. 1973년에 사망한 그는 불우했던 어린 시절을 보냈으며 정규교육을 받지 못했고 다리까지 불편했다고 한다. 그가 죽고 난 후 그의 집에 가보니 집 안 가득 했던 것은 그가 직접 그린 작품들이었다. 병원 청소 일을 마친 후에 꾸준히 자신의 방에서 그림을 그리고 글을 썼다는 것이 드러났다. 그뿐만 아니라, 그는 『비현실의 왕국에서』라는 판타지 소설도 썼다고 한다. 큰 반전이다. 그는 낮에는 병원 청소 일로 생계를 유지하면서 퇴근 후에는 작가의 삶을 살았다.

그가 그린 그림과 글을 세상에 내보이지 못하고 삶을 마감했다는 것이 참으로 안타깝다. 아무와도 소통하지 않고 혼자 긴 시간 동안 작업을 계속해 나갈 수 있었던 원동력은 무엇이었을까? 블로그와 인스타그램에 '좋아요'와 '댓글'을 기다리는 나에게 일침을 가하는 삶이다. 청소가 헨리 다거에게 어떤 영감을 주었을까? 청소를 통해 영감을 받고 청소하는 동안 진정한 사색이 이루어지면서 혼자만의 작품들을 완성해가지 않았을까 혼자 추측해본다. 청소하면서 내면을 들여다볼 수 있는 여유가 생기니 말이다. 전업 화가나 작가가 그림을 그리고 좋은 작품들을 내놓는 것은 당연하다. 그들도 무명 시절을 보내다가 전업 화가, 작가가 되었을 것이다. 무명 시절에 낮에는 생계와 관련된 일을 하고 나머지 시간 동안 글을 써 왔다는 사람들의 얘기들을 많이 들었다. 그래서 그런 작가들의 이야기는 더욱 솔깃했다. 헨리 다거는 평생 청소부로 일했다. 헨리 다거의 다른 작품들이 궁금하다.

나는 초등교사로서 낮에는 학생들을 가르치는 일을 한다. 퇴근 후에는 책을 읽는다. 때때로 그림을 그리고 그림책도 만들어본다. 더 여유로운 시간에는 바느질도 시도해본다. 헨리 다거와 나의 비슷한 점을 찾아보자면 낮에는 생계를 위해 일하고 그 외의 시간에는 창작과 관련된 일을 한다는 것이다. 나 또한 교육과 연계된 나의 내면세계를 표출하는 창작을 하고 싶지만, 늘 시간이 부족하다. 그저 헨리 다거의 꾸준함이 놀라울 따름이다.

청소가 주는 영감을 좋아하게 되면서 두 청소부의 이야기는 예사롭지 않다. 도시의 먼지와 매연을 닦아 내는 순간, 자신이 '도시를 가꾸고 지키는 사람'이라는 자부심을 느꼈을까? 자신이 닦은 표지판을 보고 지나가는 사람들에게서 무엇을 기대했을까? 아픈 사람들이 많은 병원에서 일어나는 일들 속에 그는 무엇을 버리고 정리했을까? 병원에 드나드는 사람들을 보면서 무슨 생각을 했을까?

'수신제가치국평천하(修身齊家治國平天下)'는 몸과 마음을 닦아 수양하고 집안을 가지런하게 하며 나라를 다스리고 천하를 평한다는 뜻으로 대학(大學)에 담긴 내용이다. 위대한 일을 하려고 할 때, 청소와 정리가 기본이 되어야 한다는 가르침을 얻는다. 나에게 주변 정리는 내가 꿈꾸는 삶으로 한 발짝 다가설 수 있도록 도와주는 사다리를 하나 얻는 일이다. 쓸고 닦는 중에 내가 하고 싶은 일이 더 또렷하게 보인다. 그리고 두 청소부처럼 어느새 사다리를 타고 올라가 꿈에 닿아 있을 날을 기대한다.

쓸고 닦는 시간은 진정한 사색이 이루어지는 순간이다. 청소가 주는 영감은 숨겨진 나를 찾고, 나의 내면세계를 표출하도록 도와줄 것이다.

청소도구를 취하라

정리생활자로 살아가는 요즈음, 걸레라는 확실한 도구를 겸비하면서 또 다른 청소도구를 구비하고 싶어졌다. 그중에 솔이 참 마음에 든다. 종류도 매우 다양하다. 솔은 사이사이에 끼어있는 먼지를 빼내는 일을 하는 데에는 일등 공신이다.

'솔'이라는 단어는 솔방울, 솔솔 부는 봄바람, 솔기가 생각나게 한다. 네이버 사전에서 뜻을 찾아보았다. 솔은 소나뭇과의 모든 식물을 통틀어 이르는 말이라고 한다. 그리고 솔은 먼지나 때를 떨어내거나 풀칠 따위를 하는 데 쓰는 도구로서 짐승의 털이나 합성수지, 가는 철사 따위를 묶어서 곧추세워 박고 그 끝을 가지런히 잘라서 만든다고 한다.

영어 사전에서 '솔'은 'pine tree'와 'brush'가 나오고 다음으로 'soul'이라는 단어를 나열하고 있다. 'soul'은 솔과 발음도 비슷하다. (한 사람의) 마음, (인간의) 정신으로 정의되어 있다. 그리고 한자에서 찾아보니 '솔'이라는 소리를 내는 글자가 세 개가 나온다. 〈率〉 거느릴 솔, 〈帥〉 장수 수, 〈蟀〉 귀뚜라미 솔이 있다. 또 함께 나오는 뜻으로 옷이나 이부자리 따위를 지을 때 두 폭을 맞대고 꿰맨 줄의 의미를 가지고 있다고 한다. 16세기에는 '솘'이었지만 18세기 문헌에 '솘'에서 'ㄱ'이 탈락된 '솔'로 표기되었단다.

솔이라는 글자의 소리와 뜻이 새롭게 다가온다. 솔, 소울 소리를 발음해 보며 집안 곳곳의 먼지를 빼낸다. 나름대로 의미를 부여하며 내가 솔이 좋은 이유를 찾으니 정리가 더욱 즐겁다.

먼지와 쓰레기를 한곳에 모아주는 빗자루
그림을 그리는 사람이 지우개 가루를 제거할 때 쓰는 책상
빗자루

돼지털로 만든 미니 빗자루

책의 먼지를 떨어낼 때 쓰는 책솔

힘을 덜 들이고 청소할 수 있는 전동 원형 솔

손잡이가 긴 타일 청소용 솔

　내가 가지고 있는 다양한 솔이다. 여러 가지 솔을 갖추며 청소할 곳을 찾는다. 미니멀리스트는 한 개의 솔을 다용도로 사용한다는데 나는 용도에 맞는 솔 찾기에 열심이다. 편리한 도구를 잘 활용할 수도 있지만 도구를 몰랐던 지난날에는 힘으로 다 해결하려고 했다. '이렇게 좋은 도구가 있었는데 모른 채 힘만 뺐구나.'라는 생각이 든 후로는 도구도 적절히 사용하려고 한다.

　우리 집에 세상의 모든 편리한 도구를 다 갖출 수는 없다. 매직 블럭이나 청소 로봇, 무선 청소기 정도로도 충분히 만족스러운 세상이다. 섬세한 청소도구들은 간지러운 부분을 긁어주는 듯해서 더 갖고 싶다. 등이 간지러운데 손이 닿지 않아서 용을 쓰다가 효자손의 도움으로 등이 시원해져서 고마웠던 것처럼 소소한 청소도구들은 시원하게 우리 집을 긁어주고 있다. 어떻게 하면 정리와 청소를 잘할 수 있을까? 고민은 항상 해오던 것인데 실행 도구를 갖추니 정리추진력이 더 생기는 느낌이다. 청소도구가 짐이 되지 않도록 일상을 돌보는 일을 쉬지 않는다.

산책을 즐기는 나는 갖고 싶은 청소도구가 하나 생겼다. 신발 정리나 바닥에 떨어진 것을 줍기에 좋은 집게다. 요즘 산책을 하며 매일 만 보를 목표로 걷고 있는데, 계절의 변화가 눈에 들어오고 자연 관찰에 매료되어 가고 있다. 작은 보라색 꽃을 자세히 바라보며 감탄하는 순간, 주변 풀숲에 던져진 과자봉지, 빵 봉지, 음료수 깡통이 보인다. 아침 산책 중 플로깅까지 하려 한다면 어쩌면 만 보 걷기 달성은 어려울지도 모른다. 하지만 내가 사랑하는 공간을 조금 더 빛나게 하는 일이니 해 볼 만한 일인 것 같다. 한 개 장만할까?

'다다익선(多多益善)'이라는 사자성어가 옳다고 믿으며 물건들을 열심히 모았다. '부엉이 곳간'처럼 물건들이 모여들었다. 또 모자라지 않도록 넉넉히 준비하는 것이 미덕인 줄 알았다. 그런데 살다 보니 많지도 모자라지도 않은 적정한 양을 소유하는 지점이 있으며, 적정한 경계를 유지하기 위해 애쓰는 모습이 아름답다는 생각이 든다. 미리 계산해보고 예상해서 적정한 선을 지키는 삶을 살아가기로 한다. 그래서 맥시멀리스트와 미니멀리스트의 중간에 내가 설 지점을 찾아가는 중이다.

정리 도구를 사용하여 정리 생활에 추진력을 더하되, 도구가 짐

이 되지 않도록 일상을 돌보는 일을 쉬지 않는다.

정리의 즐거움을 아는가?

정리는 한때 피곤하고 하기 싫은 일이었다. 혼란스러운 공간을 정리하다 보면 오히려 더 혼란스러워지는 듯한 느낌에 정리하기를 꺼렸다. "피할 수 있다면 피하자!" 정리를 피하려고 했다. 하지만 정리의 필요성을 깨닫고 나니, 혼란 속으로 당당히 걸어갈 용기가 생겼고, 혼란에 질서를 부여할 수 있는 능력이 조금씩 생겼다. 이를 단순히 능력이라고 표현하기보다는 습관의 힘이라고 할 수 있다.

'정리가 즐거운 놀이가 될 수 있을까?'라는 생각으로, 하기 싫은 정리를 쉬운 것으로 만들고자 하는 고민을 행동으로 옮겨보기 시작했다. 조용히 내가 머무는 공간을 지켜보며, 이 공간이 얼마나 소중한지 다시금 깨달았다. 예전에는 귀찮음에 정리를 포기하곤 했지만, 이제는 그 공간을 지키기 위해 노력한다. 내가 할 수 있는 범위 내에서 정리한다.

지저분함으로 기분이 불쾌해지는 것들은 제거 대상 1호다. 지저분한 것들을 치우고 나면, 마치 밝은 에너지가 솟아나는 것 같다. 음식물 쓰레기는 바로바로 처리하고, 분리수거함도 깨끗이 비운다. 불편하거나 디자인이 이상한 옷도 마찬가지로 정리 대상이다. 가족들이 싫어하는 물건들도 과감히 제거한다. 이러한 물건들이 다툼의 원인이 되곤 했다. 아무리 내가 좋아하는 물건일지라도 다툼의 원인이 된다면 조금은 마음을 내려놓고 다시 생각해 보게 되었다. 또, 만들거나 시도하다가 그만둔 것들도 과감히 정리한다. 다시 시작할 기회는 오지 않을지도 모른다는 생각으로, 시간을 끌지 않고 결단을 내린다. 상쾌한 공간을 유지하는 것이 정리의 가장 큰 즐거움이다.

물건을 정리하는 것은 눈에 보이는 것들에 질서를 부여하는 일이다. 어질러져 있는 물건들을 세우고 제자리에 보내다 보면 내 생각, 마음도 제자리를 찾게 된다. 주변 상황이 마음에 아무런 영향을 주지 않으면 좋겠지만, 우리도 모르는 사이 우리는 집중력을 도둑맞고 있다. 어질러진 주변을 외면하고 일에 몰두했던 적이 있었다. '나는 주변 정리 상황과는 상관없이 일할 수 있어.'라고 생각했지만 지금 생각해 보니 구차한 변명으로 정리를 외면하고 있었다. 주변이 정리되면서 일의 효율성이 증가하고, 집중력도 향상되었다.

정리는 가볍고 진취적인 마음을 준다. 앞으로 나아갈 힘을 얻는다. 정리된 현재는 열린 마음으로 새로운 일에 도전할 수 있는 기반을 제공한다. 평소에 정해둔 마감 시간을 지키려고 노력하는 것도 중요하다. 『쓰는 직업』의 저자 곽아람 기자는 기자 생활을 오래 하면서 늘 마감하는 생활을 해오고 있다고 한다. 그 책의 '그 힘든 마감을 내가 해냈다.'라는 글귀가 마음에 와닿았다. 스스로와의 약속을 지키면, 타인과의 약속도 소중히 여기게 된다.

우리가 기자는 아니어서 강제 마감 속에 사는 사람의 정신적 압박을 다 이해할 수는 없을 것이다. 그러나 최소한 마감에 쫓기는 기자보다는 우리의 마감이 나을 것이다. 나의 마감은 강제가 아니니까. 정리를 통해 마감을 경험하는 것은 스릴 있으며 마감 후의 안식은 그 어떤 것보다 값지다. '원고를 쓰는 작가가 된 것처럼 생활해 보는 것은 어떨까?' 하며 나에게도 적용해 보았다. 연결을 통해 정리 마감을 만들었다. '냄비에 물이 끓을 때까지 청소기 돌리기', '세탁기가 다 돌아갈 때까지 주방 정리하기' 등 이런 식으로 집안일과 연결한다. 마감을 지키기 위해서 노력하고 마감을 위한 정리 시스템도 만들어본다. 집안일이든 업무든, 마감 시간을 정해두고, 그 시간 내에 일을 마치려고 노력하는 것이 스스로에게도, 주변 사람들에게도 긍정적인 영향을 끼친다.

세탁 즉시 빨래를 담을 수 있게 세탁 바구니의 공간을 확보한다.
건조기에서 온기가 있는 빨래를 꺼내 세탁 바구니에 담는다.
구김이 생기지 않도록 즉시 개어 정리한다.

옷장, 서랍장의 3분의 1은 비워둔다.

그릇을 씻은 후 그릇 선반에서 물기가 빠지면 즉시 그릇장으로 옮기고 선반을 비워둔다.

차 트렁크도 언제 무엇이든 담아낼 수 있도록 깨끗하게 비워둔다.

어딘가에 물건이 늘어나고 쌓이고 있다면 점검하고 비우는 정리를 한다. 정리 생활에 나만의 시스템을 도입하는 것은 계속해서 진행 중인 과정이다. 그 시스템이 나의 생활을 더욱 풍요롭고 의미 있게 만들어준다.

집에서 일어나는 일을 연결 지어 두 가지 정리를 함께 마감할 수 있도록 시스템을 만든다. 시스템을 만들면 정리는 더욱 가벼워지고 즐거워진다.

뚫어서 흘려보내는 기술

수나라는 대운하를 건설하여 물길을 만들었고, 로마는 길을 정비했다. 하지만 수나라는 운하 건설로 인한 국력 소비로 인해 30년 만에 멸망했다. 수나라의 멸망은 안타까운 일이지만, 대운하를 통해 중국 지역의 물건들을 수월하게 옮길 수 있는 유통의 기반을 마련했다는 업적은 크다. 로마는 1,000년 동안 번성하며 지역을 확장했다. '모든 길은 로마로 통한다.'라는 말처럼, 로마의 번영은 길을 통해 이루어졌다. 길은 물자와 사람을 이어준다. 수나라와 로마처럼, 우리에게도 잘 정비된 길이 필요하다. 필요한 물건들이 잘 통과할 수 있는 길은 활기와 에너지를 준다. 나아가, 집안이 물건으로 막히지 않도록 하면 가족 간의 소통도 원활해진다.

나는 정리할 때 문이 완전히 열리도록 하는 원칙을 지킨다. 문 뒤는 물건을 숨기기 쉬운 곳이기 때문에, 그곳에 물건을 쌓아두기 쉽다. 이 원칙을 떠올리며 정리하고, 방문을 열었을 때 혼잡해 보이는 책장이 바로 보이지 않도록 배치하여 집이 어수선해 보이지 않도록 한다.

정리의 길을 시원하게 뚫고 싶지만, 때로는 막히는 일도 있다. 새해 아침에 당근 마켓에서 무료로 드리는 장식장 알림을 봤다. 평소 원하던 장식장이었지만 크기가 컸고 약간의 흠이 있었다. 큰아들과 함께 힘들게 옮겨 왔지만, 남편은 장식장이 입구를 막는다며 불편해했다. 평소 원하던 장식장을 우선시할지, 길을 뚫어 가족과의 소통을 우선시할지 고민이 되었다. 결국, 힘들게 가져온 장식장을 조금 사용한 후 다른 곳으로 옮겨 길을 뚫기로 했다.

10여 년 전, 6학급 규모의 작은 학교에서 근무하던 시절 '작은 학교 살리기' 프로젝트로 학교 리모델링 작업을 학기 중에 진행했다. 운동장은 공사장으로 변모했다. 그때 급히

지나가다 목재를 잘못 밟아 족저근막염이 생겼다. 걸을 때마다 발의 통증과 불편함은 오랜 시간이 지나서야 회복됐다. 이 경험을 통해 바닥에 물건들이 흩어져 있지 않도록 주의하고 있다. 동선을 막는 물건들은 책꽂이나 진열장 위로 옮기고, 걸 수 있는 물건은 걸이 공간을 마련하는 등 물건의 제자리를 찾아주며 길을 뚫는 기술을 연마하고 있다.

2022년 서울 강남에서 발생한 큰 홍수는 물질적, 인명 피해가 컸다. 도심이 물바다로 변한 다양한 원인을 분석하는 기사들 사이에서, 홍수에도 손해를 입지 않은 건물에 관한 기사는 대조적이었다. 해당 건물은 미리 위험을 예견하여 땅을 높이 만들고, 지하로 물이 유입되지 않도록 높은 벽을 쌓아 막아 둔 것이다. 만약의 사태에 대비한 이러한 준비 태세는 나에게 깊은 인상을 남겼다.

세계 여러 대도시에서는 폭우 대비 대형 저류시설을 지하에 마련해 놓고 있다. 도쿄 인근 사이타마현의 50m 지하 대형 배수 시설이나, 말레이시아 쿠알라룸푸르의 대심도 터널

'스마트(SMART)' 같은 시설들은 평소엔 텅 비어 있지만, 폭우가 쏟아질 때 큰 기능을 발휘한다. 이런 시설들은 물을 임시로 저장했다가 필요할 때 흘려보내는 역할을 한다. 이러한 사례들을 통해, 물길을 제대로 뚫어주지 않으면 문제가 생길 수밖에 없다는 점을 깨달았다. '우리 집도 뚫어주자'라고 다짐하게 됐다. 흘러갈 곳이 없고 지나갈 길이 없을 때 모든 것은 막히고 파괴된다. 이를 막기 위해, 평소에 점검하고 뚫어서 흘려보내는 일이 지속되도록 노력하고 있다.

집 안에서 순환되지 않는 곳을 살핀다. 그곳을 뚫고 나면, 먼저 나의 마음이 편안해지고 자신감이 생긴다. 좋은 일이 생길 것 같은 예감이 든다. 우리 집에 커다란 하수 통로가 생긴 것 같은 기분이다. 물론, 큰 도시의 대형 저류시설 같은 것이 우리 집에 있을 리는 없다. 나의 대형 저류시설은 분리수거함과 철 지난 물건을 넣어 보관할 장소. 그리고 50리터짜리 대형 쓰레기봉투다. 분리수거를 하러 나가는 것은, 지저분한 쓰레기로 인해 생활이 막히는 상황을 예방할 수 있으니, 산책하러 갈 때마다 들고 나간다. 이는 우리 집에 뚫어뻥을 사용하지 않도록 미리미리 조치하는 행동이다.

우리 집에도 큰 도시의 대형 저류시설 같은 장치를 마련해 둔다.

분리수거함, 50리터 쓰레기봉투 등으로 집 안에 막힌 것을 뚫을

수 있는 장치로 활용한다.

3
장

| 정 | 리 | 하 | 라, | | 꿈 | 꾸 | 라, |
| 행 | 복 | 하 | 라! | | | | |

정리하지 않아도 되는 집

8년 전, 막내를 낳고 육아휴직 중이었을 때, 아들들의 학교에서 동화작가 최인선 작가와의 만남이 열렸다. 최인선 작가는 『아름다운 가치 사전』, 『일주일 그림책 수업』 등을 집필한 분이다. 막내가 태어난 지 40일밖에 되지 않아 고민이 많았다. 좋은 강의이긴 하지만, 젖먹이 아기를 두고 나가는 것은 쉽지 않았다. 아기가 마음에 걸렸지만, 기왕 참석한 김에 열심히 듣기로 마음먹었다. 강의 마지막에 들은 말씀은 아직도 생생하다. "미니멀리즘에 관한 책을 써보시는 건 어떨까요?"라며 엄마들의 글쓰기를 격려해 주셨다. 그때 읽고 있던 책들이 바로 미니멀리즘, 정리에 관한 책이었기 때문에, 마치 나에게 하는 이야기처럼 느껴졌다. 그 순간이 바로 정리에 관한 책을 쓸 수 있는 씨앗이 뿌려진 것 같다.

'매일 정리는 필요할까?'
'정리하지 않아도 되는 집이 있을까?'

정리하지 않아도 되는 집에서 살면, 삶의 여유가 생긴다. 효율적으로 정리를 잘하면, 그 시간을 아껴 창의적인 일에 투자할 수 있다.『거인의 노트』에서 김익환 교수는 세탁기가 빨래하는 동안 책을 읽거나 글을 쓸 수 있다고 조언한다. 정리를 통해 얻은 시간으로, 나는 더 창의적인 활동에 몰두할 수 있다.

정리하지 않아도 되는 집에서 살면 언제나 마음이 편안할 것이다. 나의 공간에 자유를 주었으면 한다. 문득 하고 싶은 일이 생기면 언제든 할 수 있는 그런 곳. 집이 일거리를 만들어주지 않고, 나에게 추가적인 일을 던져주지 않도록 어떻게 해야 할까?

정리가 필요 없는 공간을 유지하기 위해서는 최소한의 노력이 필요하다. 사용 후 바로 원상태로 복구해, 공간이 제 역할을 할 수 있도록 돌려놓는 것이다. 물건은 스스로 움직이지 못한다. 누군가에 의해 제자리를 벗어나게 된다. 물건에 대한 통제권은 사람, 즉 가족에게 있다는 것을 알게 되었다. 그래서 우리는 물건을 다시 제자리로 돌려놓을 수 있는 자유가 있다. 이 자유를 충분히 누려볼 일이다.

내가 가장 많이 정리하는 것은 옷, 식기, 이불과 같은 의식주 관련 물건들이다. 하지만 책상과 주변 식탁에는 도서관에서 빌려와 읽은 책들이 자리하곤 한다. 책을 정리하는 방법이 시급하다. 책을 읽는 시간을 계산해보고, 대여하는 책의 적정량을 파악해야 한다. 도서관 책을 보관할 장소를 정한다. 주말에 도서관을 자주 가기 때문에, 일요일 오후에 한 권을 읽을 수 있다고 가정할 때, 토요일과 평일에 읽을 책을 고려하면 일주일에 6권이 적당하다. 하지만 여기에는 한 가지 걸림돌이 있다. 바로 호기심이다. 책의 내용이 궁금하고, 다시 만날 기회가 없을까 봐 아쉬워서 책을 몇 권 더 집어 들기도 한다. 결국 다 읽지 못하는 경우가 많다. 또, 새롭게 소개받는 책도 있다. 이렇게 내가 읽고 싶은 책은 무한정 늘어난다. 김종원 작가는 GPT 시대에 적당한 수준으로 해내는 사람은 살아가기 힘들다고 말한다. 직업이 다양하긴 하지만, 수준을 3단계로 나누어 구분했다. 책만 읽는 사람을 1단계 비전문가라 칭한다. 보고 듣고 느낀 것을 내면과 머리에 쌓기만 하는 창고에 지나지 않는다는 것이다. 이어서 보고, 듣고, 느낀 것을 말과 글로 표현할 줄 아는 능력이 2단계 전문가의 조건이다. 3단계 예술가 자신이 내뱉은 말과 쓴 글을 타인에게 설명할 수 있다면, 그것이 예술가로 살 수 있는 길이라고 한다.

책을 읽기만 해서는 예술가가 될 수 없다는 사실이 나의 가슴을 울린다. 창고에서 벗어나기 위해 책을 읽었는데, 책을 읽기만 하는 것이 창고라니. 이곳저곳 모두 창고라는 말인가? 하지만 '1단계가 창고'라는 말에 어느 정도 동의한다. 나도 읽은 책에 대해 타인에게 설명할 수 있는 활동을 통해 예술가로서 살아가고 싶다. 이렇게 예술가가 되기 위해서 시간을 효율적으로 활용하고 정리된 삶을 살기 위해 노력 중이다.

집도 생각도 정리하려니 바쁘다. 어느 곳도 창고가 되도록 방치할 수는 없다. 매일 의식주와 관련된 사소한 정리를 해낸다. 아침이나 저녁 시간을 할애하여 그날의 정리를 마친다. 정리를 미룬 날이 있더라도 다음 날에는 정리를 계속한다. 물건들의 제자리를 찾아주는 단순한 작업을 통해, 오늘의 정리 미션을 완수한다.

정리하지 않아도 되는 집은 없으며 누구나 정리하면서 일상을 살

아간다. 정리라는 일상을 받아들이고 물건들을 통제하는 일상을

즐긴다.

내가 사랑하는 공간과 물건

나는 빈티지한 물건을 좋아한다. 오래되었지만 감각 있는 물건들을 보면 가슴이 뛴다. 아기자기하고 잘 다듬어진 물건들도 내 마음을 사로잡는다. 이런 물건들이 모여 있는 공간이 내가 가장 좋아하는 공간이다. 그림책 등장인물 피규어와 작은 크기의 물건들을 바라보고 있으면 나도 그 세계로 들어가 작아진 듯한 느낌을 받는다.

또한, 핸드메이드 물건에 대한 열정이 있다. 손맛이 느껴지는 아기자기한 물건들에 매료된다. 정성이 깃든 물건을 바라볼 때마다 그 오밀조밀한 모습에 감탄한다. 그래서 나에게 물건이 들어오면 이를 다시 보내기 어렵다. 디자인과 색깔에 마음을 빼앗기고, 다양성에 매력을 느낀다. 같은 모양이지만 다른 색깔을 가진 물건들을 모으는 것도 즐거움 중 하나다.

나는 우리 집 거실이 빈티지한 물건으로 가득 찬 카페 같았으면 한다. 세련되지는 않지만, 나뭇결이 살아 있는 가구를 갖고 싶다. 베트남의 대표 카페인 콩카페처럼, 나무 가구와 빈티지한 물건들로 장식된 공간을 꿈꾼다. 화려한 꽃무늬 천을 씌운 의자와 조화롭게 배치된 조명이 멋진 분위기를 연출한다. 탁자 위에는 법랑 그릇이 있고, 그 안에는 티슈가 가지런히 담겨있다.

우리 집이 이런 카페 같은 분위기를 내기는 어렵다. LED 조명으로는 원하는 분위기를 더더욱 살릴 수 없다. 바란스를 만들어 걸어 둔 경험도 있지만, 결국 거추장스러워 보여 제거했다. 집의 실제 분위기는 도서관에 더 가깝다고 생각한다. 빈티지 카페를 꿈꾸며, 책과 어울리는 물건을 찾아보니 거실 벽에 걸린 그림 액자가 눈에 띈다. 우연히 들른 인테리어가게에 걸린 그림을 보고, 나만의 꽃과 타자기를 그려 넣어 새로운 작품을 완성했다. 인상주의 화가 르누아르는 성공한 화가였지만 50세가 넘어 류머티즘 관절염이 찾아왔다. 고통 속에서도 그림을 그린 이유에 대한 친구의 질문에 "고통은 지나가지만, 아름다움은 남는다."라고 답했다. 어떤 그림은 고통을 위로하고 아름다움으로 변하기도 하는가 보다. 휴직 동안, 몰입의 즐거움을 그림 그리기에서 찾았다. 그림을 그린 시간은 매우 값지기에 내가 그린 작품을 거실에 걸어두고 매일 바라보며 소중한 순간들을 기억한다.

당근 마켓은 저렴하고 독특한 물건을 찾는 데 좋은 곳이다. 카페 폐업으로 올라온 철제장식품이나 크리스털 스탠드, 우드 커피 장식품 등이 마음을 밝게 한다. 당근 마켓에서 취향을 반영한 물건을 찾고, 그것을 통해 나만의 공간을 꾸밀 수 있다는 사실이 즐겁다. 나의 공간이 어떤 모습이 될지 고민하며, 빈티지 카페의 이상과 도서관 같은 실제를 어떻게 조화시킬지 생각한다. 카페든 도서관이든, 그것은 우리 가족만의 유니크한 공간이 될 것이다. 그러나 이 공간을 단순히 정리하고 꾸미지 않으면, 그저 창고로 남을 수도 있다.

아이들이 편안하게 자라고, 나 역시 성장할 수 있는 공간을 만들고 싶다. 겉모습보다 내실이 있는 공간, 삶이 성장하는 복합공간으로의 변화를 꿈꾼다. 때론 도서관으로, 때론 카페로, 때론 영화관으로 변모하는 그런 곳. 우리 가족에게 필요한 물건만을 선택하여 들여오고, 정해진 장소에만 머물게 하는 원칙을 세운다. 가치 있는 물건만을 소유한다.

내가 머물고 싶은 공간을 떠올려 본다. 현실과 이상을 뛰어넘어

알곡처럼 여문 공간이 되도록 한다. 어떤 물건을 집 안으로 들이

고 보낼지 가치를 매긴다.

정리 도미노

『원씽』이라는 책에서는 단 하나(The ONE thing)만이 자신이 원하는 것을 얻을 수 있는 최고의 방법이라고 말한다. 핵심에 집중하게 되면, 그것만을 바라보게 되며, 이것이 가장 중요한 일이 된다. 1983년, 기획자이자 작가인 론 화이트헤드는 한 개의 도미노가 자신보다 1.5배 큰 것을 넘어뜨리는 힘을 가지고 있다고 『미국 물리학 저널』을 통해 설명했다. 처음 도미노의 높이가 5cm였음에도 불구하고, 스물세 번째 도미노는 에펠탑보다 높아지고, 쉰일곱 번째 도미노는 지구에서 달까지 다리를 놓아줄 정도의 크기가 된다고 하니 그 위력이 어마어마하다. 나는 이 원리를 정리에도 적용할 수 있다고 생각한다. 오늘의 작은 정리가 내일의 정리를 이끌고, 점차 정리되는 영역이 확장되어 간다는 것이다. 주방, 책상, 화장대 등 어디든 정리의 영역을 넓혀갈 수 있다.

정치나 사회 면의 기사를 보면 때때로 현 상황이 안타까울 때가 있다. 무엇이 정리되지 않아 이런 상황이 발생하는 것일까? 개인의 삶과 내면을 성찰하며 살아가려 해도 외부의 자극으로 인한 시름이 생기곤 한다. 자신의 삶을 제대로 마주하지 못하고 표류하는 사람들의 모습에서, 정리라는 한 가지가 부족해서 생기는 문제가 아닐까 생각해 본다.

정리라는 한 가지에 먼저 집중해 보면 어떨까? 복잡해 보이는 순간을 단순화할 수 있는 통찰력, 얽힌 문제를 해결할 수 있는 끈기, 핵심을 꿰뚫어 볼 수 있는 집중력 등, 정리를 통해 다양한 능력을 갖출 수 있다. 침대나 책상 하나를 정리하는 것으로 시작해, 그다음의 정리 기적이 발생한다. 우리의 작은 시작이 주변을 깨끗하게 변화시킬 수 있다. 초기에는 정리하다 보니 불협화음이 생길 수도 있다. 물건을 버리거나 집안일을 분담하는 과정에서 생기는 다툼도 있겠지만,

조금씩 도와가며 해결할 수 있다는 것을 알게 된다.

정리의 시간과 영역을 차곡차곡 확장해 나가자. 정리를 지속하면 다음 도미노가 반드시 쓰러질 것이다. 그다음 도미노를 염두에 두고 작업을 진행하면, 마지막 도미노까지 모두 넘어뜨리는 순간, 나에게는 커다란 변화가 찾아올 것이다. 삶의 많은 문제가 해결되며, 멋지고 근사한 일들이 일어날 것이다.

정리에 집중한 이후, 나는 변화된 삶을 경험하고 있다. 가족과 평화로운 시간이 늘어가고, 새로운 도전에 대한 아이디어가 샘솟는다. 필요 없는 물건을 제거하고, 모든 것을 제자리에 두니, 나에게는 큰 변화가 찾아왔다. 어제보다 나은 오늘을 살고 있으며, 매일 꼬인 문제들이 풀리고 있고, 그동안 나를 괴롭혔던 문제들이 해결되고 있다. 정리 도미노의 힘이 이렇게 강력하다는 것을 몰랐다. 정리하는 삶이 나에게 많은 것을 가르쳐 주었다.

그동안 부모님의 헌신을 너무나 당연하게 요구했던 것처럼, 나의 아들들도 당연하게 나에게 요구한다. 둘째는 저녁이 되면 배고프다며 전화하고, 막내는 밥을 달라며 내 팔을 잡아당긴다. 자신의 물건이 제자리에 있기를 바라는 네 명의 아들들이 있다. 몸이 열 개라도 부족할 지경이다. 시간을 아무리 잘 쪼개어 집안일을 해도 시간과 노력이 항상 부족하게 느껴진다. 때때로 아이들의 속옷을 잘못 서랍에 넣는 실수로 인해 다툼이 발생하기도 한다. 미안한 마음이 든다. "내가 더 잘했더라면 아이들을 더 편하게 해줄 수 있었을 텐데." 하는 생각이 든다. 에너지를 네 방향으로 분산시켜야 하는 상황이지만, 정리 도미노의 효과로 상황이 조금은 나아졌다.

임신 기간 동안 무거운 몸으로 아이들의 모든 필요를 충족시켜 주지 못했다. 둘째가 6살이었을 때, 싱크대 선반에 있는 컵을 내려달라고 요청했지만, 만삭으로 몸이 무겁고 무릎이 아파 일어설 수 없었다. 그럴 때마다 아이는 혼자서 싱크대에 올라가 컵을 내렸다. 그때의 미안함이 지금도 마음에 남아 있다. 이제 아이들이 스스로 문제를 해결하고 서로 도와주는 모습을 보며, 고맙고 대견한 마음이 든다. 특히 둘째 아들이 저녁 메뉴를 물어볼 때, 어릴 적 도와주지 못한 데 대한 미안함을 떠올리며 오늘도 맛있는 저녁을 준비하려 한다.

네 명의 아들에게 선한 영향을 주는 좋은 엄마가 되기 위해 노력 중이다. 많은 실수를 하며 아등바등했던 시간을 사랑하는 마음으로 견디고 버텼다는 것을 아이들이 조금이나마 알아주었으면 한다. 그래서 오늘도 '정리'라는 단 하나(The ONE Thing)의 행동으로 나의 마음을 아이들에게 전하려 한다.

작은 정리가 다음 정리를 넘어뜨린다. 오늘의 작은 정리가 내일의 정리를 넘어뜨릴 수 있다. 도미노가 쓰러지듯이 정리되는 구역이 점차 확장되어 갈 것이다.

우리 집 상공을 비행할 수는 없지만

『인간의 대지』 생텍쥐페리, 『마틸다』 로알드 달, 두 작가는 비행기 조종사로 하늘을 날아본 경험을 바탕으로 위대한 글을 남긴 공통점을 가지고 있다. 생텍쥐페리의 작품에는 그가 비행을 준비하며 만난 기요메의 이야기가 담겨있는데, 기요메의 경험은 생텍쥐페리에게 비행할 용기를 주었다. 하늘에서 세상을 내려다보는 것과 같은, 세상을 한 걸음 물러나서 조망할 수 있는 능력이 얼마나 유용한지 생각하게 된다.

집 전체를 정리하면서, 내 삶을 멀리서 바라볼 기회를 얻었다. 마치 우리 집을 위에서 내려다보는 것과 같은 느낌이었다. 각 장소에 흩어져 있던 물건들을 한곳에 모으는 과정은 내게 물건에 질서를 부여하는 능력이 생긴 것 같은 기분을 안겨주었다. 알고 보니 같은 종류의 물건들이 집 곳곳에 흩어져 있었다. 이러한 물건들을 한곳에 모으자, 복잡하고 어수선했던 집이 정돈되었으며 물건에 의해 행동과 감정이 좌우되지 않게 되어 집의 피로감도 줄었다.

집 전체에 흩어진 물건들을 모으는 과정은 즐거웠다. 중복되는 물건들이 보이면 버릴지 말지 고민이 있었지만, 일단 같은 물건들을 모아보고 우리 집에 혼돈을 준 실체와 마주하고 싶었다. 어떤 물건들이 그동안 나를 힘들게 했는지 알고 싶었고, 지난 나를 되돌아보며 앞으로 나아가기 위한 다짐도 할 수 있는 기회였다. 물건을 한곳으로 모으는 단순한 행위만으로도 정리가 시작되는 것을 경험했다.

내가 사용하는 물건과 사용하지 않는 물건을 구분하게 되었다. 사용하지 않으면서 자리만 차지하고 있던 물건들은 다른 사람에게 보내주었다. 많은 물건들이 정리되지 못한 채 남아 있었는데, 그 이유는 물건에 얽힌 사람들의 마음이 느껴져서였다. 여전히 물건을 보며 그 사람과의 추억이나 얼굴이 떠올라 망설였다. 그러나 결국 그 물건들과 이별을 선언하기로 했다. 하나씩 처분하기 시작하니 마음이 가벼워지고 건강해지는 느낌을 받았다. 물건을 정리하며 나와 가족을 위한 올바른 결정을 내릴 수 있는 판단력도 생겼다. 정리 과정에서 힘든 감정들을 겪었지만, 그것을 통과하며 정리의 중요성을 더 깊이 이해하게 되었다.

『인생이 빛나는 정리의 마법』의 저자 곤도 마리에는 자신을 설레게 하는 물건만 남기라고 조언했다. 이 조언에 따라, 설레지 않는 물건들을 과감히 가려내고 버리는 훈련을 했다. 후회할 물건이 무엇인지, 정말 필요한 물건인지, 혹은 짐이 되는 물건인지 점검하는 습관을 들였다.

우리 집은 16층에 있다. 정리할 때는 마치 아파트 평면도를 그리듯, 17층에서 내려다보는 듯한 시각으로 접근한다. 거실은 가족들이 모이는 곳이며, 책, 피아노, 의약품, 필기구 등이 자리하고 있고, 아이의 장난감을 보관하는 장소도 있다. 안방에는 화장품, 침구류, 의류가 있으며, 아이들 방에는 그들의 물건과 책들이 있다. 나의 방이 따로 없어 내 물건들이 안방에 조금씩 흩어져 있는 상태이다. 각 방에 있는 가구와 물건을 파악하니 집을 정리하는 것이 매우 입체적으로 와닿는다.

물건들이 여기저기 흩어져 있을 때의 불편함이 생각난다. 마치 머피의 법칙처럼, 내가 사용하려 할 때 그 물건은 언제나 없는 것처럼 보인다. 평소엔 여기저기서 자주 보이던 그 물건이 내가 찾을 때는 감쪽같이 숨어 버린다. 특히 가위나 테이프 같은 일상적으로 자주 찾는 물건일수록 그렇다. 이런 일이 반복되면서, 쓰고 난 뒤에 물건을 제자리에 정리하는 것의 중요성을 절실히 느끼게 되었다.

같은 종류의 물건들을 한곳에 모아두고 정리하며, 내가 정말 좋아하는 것이 무엇인지 발견하게 되었다. 특히 문구류가 집안 곳곳에 많았다는 것을 알게 되었다. 볼펜, 연필, 물감 등의 그림 재료와 읽어야 할 영어원서도 많았으며, 영어

DVD들은 사 놓고 제대로 활용하지 못했다는 사실을 깨달았다. 이러한 발견은 영어를 잘하고 싶은 내 마음이 얼마나 큰지를 보여 주었다. 또한 옷과 책이 우리 집 공간의 절반을 차지하고 있다는 사실을 알고 나니 마음이 더욱 편안해졌다.

곤도 마리에의 접근 방식처럼 옷을 정리할 때 옷을 침대 위에 모으는 방식도 시도해보았다. 이런 방식은 내가 현재 어떤 상태에 있는지 정확히 진단할 수 있게 해주었다. 이를 통해 정리 대상이 명확해졌으며, 버릴 것과 남길 것을 결정하는 일만 남았다. 비록 곤도 마리에가 직접 우리 집을 방문해주는 것은 불가능하겠지만, 그녀의 넷플릭스 프로그램이나 다양한 정리 책들을 통해 동기부여를 받고 있다.

생텍쥐페리와 로알드 달이 하늘을 날며 얻은 깨달음처럼, 나 역시 한 발짝 물러서서 내 상황을 객관적으로 바라볼 수 있는 자세의 중요성을 깨달았다. 우리 집과 나 자신을 다양한 각도에서 바라보려는 노력을 계속하고 있다.

집을 정리하다 보면 물건들에 파묻혀 있던 내 생각들을 꺼낼 수

있다. 나의 삶을 더욱 객관적으로 내려다보게 된다.

엄마의 책상

인도네시아 생활을 정리하고 한국에서 다시 생활하게 되었다. 운송비 부담이 커서 그곳으로 가져간 짐들을 대부분 현지에서 처분하는 바람에 새로운 집에는 가구가 없었다. 나에겐 책상이 필요했다. 인테리어 책자에 흔히 보이는 장인이 만든 듯한 책상이 떠올랐다. 손으로 정성 들여 깎고 칠한 핸드메이드 나무 책상 말이다. 앉아 있기만 해도 모양새가 나는 멋진 책상이 있으면 뭐든 할 수 있을 것 같았다. 하지만 다시 한국에서 생활을 시작하며 이미 냉장고, 세탁기를 구매해 지출이 컸으므로 웬만한 가구는 당근 마켓을 이용하기로 했다. "당근" 무료 드림 알림이 떴다. 유명브랜드의 튼튼하고 쓸만한 책상이었다. 남편과 아들들을 책상을 가지러 보냈다.

지하 주차장에 도착한 듯한데 집까지 오는 데는 한참이나 걸렸다. 책상이 너무 무거워서 옮기기가 쉽지 않았다고 했다. 남편, 첫째 아들, 둘째 아들까지 세 남자가 낑낑거리는 모습에 미안하고 고마운 마음이 들었다. 그렇게 나는 드디어 책상을 갖게 되었다.

나는 책상에서 할 수 있는 일들을 좋아한다. 책 읽기, 그림 그리기, 바느질하기 등 나에게는 텔레비전보다 훨씬 많은 재미있는 활동들이 있다. 책상을 갖고 싶었지만, 책상을 둘 공간이 부족했다. 새집으로 이사 오면서, 책상을 둘 마땅한 장소가 없어 고민이 되었다. 아이들 방에서 더 이상 더부살이하기 싫었다. 결국 거실의 한구석에 책상을 배치하기로 했다. 그 자리는 원래 식탁을 두려고 했던 곳이었지만, 책상을 두니 잘 맞았다. 비록 실내장식에는 어울리지 않게 책상과 식탁이 나란히 놓여 있지만, 그것이 나의 책상이기에 괜찮았다. 책으로 가득한 책상이지만, 이곳이 바로 엄마의 공간임을 생각하며 아무 말 없는 가족들에게 감사한 마음이 들었다.

누구나 개인적인 공간으로 책상이 필요하다. 책상은 우리의 삶이 정리되고 나아갈 방향을 찾게 해주는 곳이다. 한때 나는 식탁을 책상 대용으로 사용했었는데, 그것이 내 것이 아니라는 느낌 때문에 마음이 불편했다. 식사 시간마다 급히 작업을 정리하고 물건들을 치워야 했다. 이제 그러한 불편함에서 벗어나게 되었다. 내 책상 위에는 영감을 주는 책들을 꽂아 둔 세 칸의 책꽂이가 있다. 공간이 부족해 두 줄로 꽂아야 할 정도다. 좀 더 낮은 책꽂이에는 내가 좋아하는 중요한 물건들이 자리하고 있다. 그림책 피규어, 귀걸이 보관함, 도장 등이 그곳에 있다. 이것들을 통해 내 삶을 바라볼 수 있어 좋다. 가끔 내가 어떤 책을 읽고 있는지 잊어버릴 때도 있지만, 내 책상은 항상 그것을 상기시켜 준다. 일주일 동안 해야 할 일과 책에서 발견한 좋은 구절을 책상에 붙여 놓았다. 책상에 앉기만 하면 마음이 편안해진다.

식탁이 주방과 가까워서 더 편리하며, 소파 옆에 있어 아이들과 분리되지 않는 것 또한 장점이다. 이전 집에서는 작은 방에 책상을 두어 나의 독립적인 공간을 마련했으나, 아이들과 떨어져 있어서 항상 미안한 마음이 있었다. 하지만 같은 공간에서 아이들과 함께할 수 있어 오히려 마음이 편하다. 아이들과의 동선에 큰 영향을 받지 않으며, 이제는 그들과 함께 책을 읽고 대화할 수 있는 주방 옆의 책상이 만족스럽다.

스탠드를 켜고 책상에 앉아 있는 순간의 편안함은 말로 표현하기 어렵다. 스탠드 빛이 주는 따스한 분위기는 책상에 오래 머물게 하는 이유 중 하나이다. 책 속 주인공들과의 만남도 주로 이 책상에서 이루어져 더욱 의미가 깊다. 때때로 미니 식물들을 초대해, 다육식물의 통통한 잎사귀가 주는 생기 넘치는 에너지를 느낀다. 이 책상은 50호짜리 캔버스도 올릴 수 있는 넉넉한 공간이다. 그래서 이젤이 되어 주기도 한다. 유튜브 영상을 만드는 공간이 되기도 하고 일본 드라마나 영화를 보는 장소로 변신하기도 한다. 작은 가구와 비누 등의 소품으로 더욱 따뜻한 공간을 만들어 가고 있다.

현재 우리 집엔 진정한 작업실을 꾸밀 방이 없다. 방 세 개는 사형제가 사용하고 있어 내게 작업실을 마련할 여지는 없다. 아이들이 독립한 후에야 작업실로 쓸 수 있는 방이 생길 수 있겠지만, 지금, 이 순간 아이들과 함께하는 시간이 더 소중하다. 김초엽, 김호연 작가가 작업실에 관해 쓴 에세이를 읽으며, 나만의 작업실을 상상하는 것으로 만족해한다. 아이들의 식사를 준비하고 정리한 후에 나는 내 책상과 마주한다. 이 책상에서 보내는 시간은 항상 즐겁다. 내 책상이 글쓰기와 그림 그리기를 위한 나만의 작업실이 되길 바란다.

엄마가 마음 편하게 앉아 쉴 수 있는 한 자리는 집 안을 더욱 환

하게 해줄 것이다. 마냥 즐거운 한 자리에 좋아하는 것들을 초

대해본다.

정리는 기름 두 방울

『연금술사』 책을 중고 서점에서 샀다. 첫 번째 주인이 이 책을 구매한 경위와 책을 읽고 느낀 점을 앞 면지에 적어 두었다. 책에 대한 궁금증을 더하였다.

현자 중의 현자를 만나러 가는 상황이 나온다. 현자의 집에 도착하고 현자를 만나려는데 현자의 집에 이미 여러 사람이 먼저 도착해 있다. 현자는 바쁘다. 현자는 집 주변을 돌아보라고 했다. 조건은 숟가락에 기름 두 방울을 주면서 절대 흘리지 말라는 것이다. 그는 현자의 말을 따르기 위해 집 주변을 돌아본다. 절대 기름을 떨어뜨리지 말아야만 행복의 비결을 들을 수 있다고 하니 조심조심 임무를 달성했다. 그러나 그는 숟가락 위 두 방울의 기름에 집중한 나머지 주위는

살피지 못하였다. 현자는 어떻게 현자의 집을 제대로 둘러보지 않고 이해하겠냐며 다시 다녀오라고 한다. 10년 된 정원 등 주변을 열심히 살펴보는 즐거움을 맛보고 돌아와서 이제야 행복의 비결을 들을 수 있을 것으로 생각했던 그는 의외의 말을 듣게 된다. 더 이상 해줄 이야기가 없다는 것이다.

이 이야기를 통해 행복의 비결에 대해 생각해 보았다. 나의 새벽 산책이 현자의 집을 둘러보는 것과 비슷한 경험일 수 있을까? 기름 두 방울이 건강과 마음을 상징하는 것은 아닐까? 현자가 한 말 중, 집을 둘러보는 것이 현자 자신을 이해하는 방법이라는 말이 인상 깊었다. 집과 주변을 정리하는 일을 열심히 하고 있지만, 현자처럼 자신 있게 "저를 이해하려면 우리 집을 한 번 둘러보세요." 하고 말할 정도로 나는 아직 준비되지 않았다.

세상에는 많은 아름다움이 존재한다. 외부 세상의 즐거움과 매력에 빠져들 때, 가끔은 기름 두 방울을 잊기도 한다.

나의 정리를 어렵게 하는 것 중 하나는 책이다. 책을 통해 세상과 사람을 만나는 나는 매주 도서관에서 책을 빌린다. 빌린 책을 시간 내에 반납하지 못해 연체되는 경우가 잦다. 도서관 이용자로서 연체가 부끄러움을 느낄 필요는 없다고 스스로 위안하긴 하지만, 반납일을 지키지 못하는 것은 부담으로 다가온다. 책을 읽다 보면 그 재미에 빠져 반납이 늦어지기도 하고, 때로는 책더미 속에서 책이 사라져 찾지 못하는 일도 발생한다. 이에 따라 책을 직접 구매하기까지 한다. 미국처럼 책 연체료를 금전으로 징수하는 제도가 우리나라에도 도입된다면 큰일일 것이다. 책을 읽는 것과 같은 선한 행위에 연체료를 부과하는 것은 상상할 수 없는 일이다. 여러 도서관에서 책을 빌려 읽다 보면, 영감을 주는 좋은 책은 결국 사게 된다. 장정일의 『빌린 책/산 책/버린 책』을 생각하며, 내가 가진 책들에 대해 다시 생각해 보게 된다. 빌린 책이 산 책이 되는 순간은 기쁘지만, 정리생활자로서 좋아하는 책들이 공간을 차지하는 것을 막고 싶은 마음도 있다.

나는 책으로 사람을 연결하기도 한다. 책을 통해 사람들과의 연결고리를 만들며, 책과 사람 사이의 정리를 하곤 한다. 이는 단순히 사람과의 관계를 이야기하는 것이 아니라, 책을 통해 사람들과의 추억과 상상의 세계로 여행을 떠나는 것이다. 『내 생애 아이들』, 『스토너』, 『열하일기』 하면 떠오르는 사람들이 있다. 신규 발령 시절 책을 좋아하시는 별명은 '공주'인, 늘 우아한 옷을 입고 책을 읽고 계시는 선생님이 있었다. 나는 그 선생님을 많이 좋아했다. 선생님도 나에게 '앵두'라는 별명을 붙여주시며 초임 교사인 나를 귀여워해 주셨다. 선생님은 바느질을 좋아하는 나에게 가방을 하나 부탁하셨는데, 책 한 권이 들어갈 크기의 보라색 가방이었다. 그때 결혼을 앞두고 있던 터라 매우 바쁜 상황이었음에도 선생님의 가방을 열심히 만들어 드렸다. 그때 책을 좋아하시는 공주 선생님께 가장 좋아하시는 책이 무엇인지 여쭈어 보았다. 『내 생애 아이들』이라고 하셨다. 이러한 책을 통한 추억의 정리는 나에게 큰 도움을 준다.

나에게 지켜야 할 기름 두 방울은 정리다. 정리에는 나의 공간과 마음, 건강 등을 지키는 것을 포함한다. 소중한 것을 지키기 위해 세상 탐구에 대한 나의 열정을 억제하고, 도서관 방문 습관을 줄이며, 책에 대한 과도한 마음을 정리하는 것이 필요하다는 것을 인지하게 되었다. 책을 쓰면서 책에 대한 마음을 줄이는 것은 아이러니하지만 책이 그 사람이 되어야 한다는 지론을 바탕으로 쓴 책이므로 이 책을 읽는 독자들에게 정리로 고뇌하다가 모범이 된 사람으로 기억되고 싶다.

성경에도 이와 비슷한 이야기가 있다. 달란트를 잘 사용해서 처음 받은 달란트보다 두 배로 소유하게 된 이야기이다. 이것은 달란트를 맡긴 자의 마음을 알고 재능을 잘 활용하는 것인데, 기름 두 방울을 맡긴 자의 의도를 이해하고, 기름을 잘 지키면서 다른 것들을 탐색하고 취하라는 메시지와 일맥상통한다.

세상은 아름답지만, 나에게는 지켜야 할 기름 두 방울이 있다. 나의 기름 두 방울을 떨어뜨리지 않도록 오늘도 정리의 지혜를 구한다.

정리생활자의 한마디

소중한 것을 지키기 위해 정리한다. 정리를 위한 정리가 되지 않도록 주의한다.

나란히, 차곡차곡

'자녀를 키우는 것은 자신의 지나온 어린 생애를 한 번 더 사는 것이다.'라는 글을 읽은 적이 있다. 그 말대로라면 나는 자녀가 네 명이니 어린 시절을 네 번이나 사는 셈이다. 성경에는 '자식은 여호와의 주신 기업이요. 태의 열매는 그의 상급이로다. 젊은 자의 자식은 장사의 수중의 화살 같으니 이것이 그 전통에 가득한 자는 복되도다.'라는 구절이 있다. 20대의 나는 이 말씀이 너무나 좋았다. '사람은 누구나 늙고 병들지만, 자식을 낳아 또 한 번 꽃필 수 있구나.'라는 생각으로 결혼하고, 출산과 육아를 기쁜 마음으로 맞이하였다.

하지만 아들들을 키우는 것은 순탄치 않았다. 예상을 벗어나는 돌발상황이 자주 일어났다. 외출을 위해 아이들 옷을 한 명씩 입히고 챙겼다. 막 준비를 마치고 나가려는 순간에 막내는 기저귀가 젖었는지 울기 시작했다. 막내의 기저귀를 가는 동안 나머지 아이들은 또 티격태격 다투기도 하고 새로운 일거리를 만들었다. 아이들의 본능을 어찌할 수 없지만 약속된 외출 시간이 늦어지니 몸과 마음은 지쳐갔다.

아이들은 집에서 놀다 보면 자신이 좋아하는 물건을 잘도 찾아 들고나왔다. 어느새 가지고 놀던 장난감을 여기저기 흩어 놓는 바람에 우리 집 물건의 질서는 자취를 감추었다. 그저 아이들이 다치지 않고 편하게 놀면 다행이라는 심정으로 지냈다. 아이들이 잠들 시간이면 대강 장난감 상자에 쑤셔 넣거나 큰 바구니에 물건들을 넣어 두며 하루를 마무리하곤 했다.

매일 벌어지는 일들로 때때로 마음이 무겁고 불평이 나오기도 했으나, 자녀를 키우는 일이 통제할 수 없는 상황들로 가득 찬 여정임을 깨닫게 되었다. 상황들을 있는 그대로 받

아들이고 마음을 더 넓게 가지며 살아가는 것이 유일한 해결책임을 알게 되었다. 아이들을 키우며 점차 생활에 적응하였고, 공간과 마음을 여유롭게 하려 노력하면서 일부러 정리하지 않으려고 했다. 이는 정리에 대한 내 습관이 부재했기 때문일 수도 있고, 정리를 이유로 아이들에게 지나친 통제를 가하게 될까 봐 걱정되었기 때문일지도 모른다. 그 당시엔 모든 것이 버겁게만 느껴졌다.

그러나 매일 조금씩 정리에 익숙해지면서 같은 종류의 물건들을 나란히 배열한 모습이 보기에 좋았다. 물건들을 같은 종류별로 모으고 깔끔하게 정리하니 마음도 안정되고 질서가 잡힌 공간이 되었다. 아이들이 초등학교 이상으로 성장하여 물건을 함부로 꺼내지 않게 된 것도 이제는 감사한 일이다.

현관에 아이들의 신발을 정렬할 때면, 훌쩍 자란 아들들의 신발을 보며 감회가 새롭다. 신발 속 모래를 털어낸다. 어느새 신발이 닳고 찢어져서 새로 구매해야 하는 시기가 다시 돌아왔다. 이제 아울렛으로 한 켤레씩 새 신발을 사러 가야 할 때가 온 것 같다.

같은 주제나 작가의 책들을 옆으로 나란히 배열한다. 읽지 않은 책들이 여전히 많은 상황에서, 좋아하는 작가의 책은 정리하다가도 자꾸 손이 가 책장을 넘기게 된다. 책을 정렬하며 마음을 가다듬고, 읽지 않았거나 앞으로 읽지 않을 책들과의 작별을 결심한다. 책과 물건들을 깔끔하게 배열하는 순간은 언제나 기쁨을 준다.

『물건을 바닥에 절대 두지 않는다』라는 책의 제목을 기억하며 세탁실에 쌓인 잡동사니를 정리한다. 제목이 너무나 강렬해서 읽게 되었는데 '~않는다.'라는 목차로 구성되어 있는 책이었다. 하지 않아야 할 것을 다 수용하기 힘들어 '물건을 바닥에 절대 두지 않는다'만이라도 열심히 실천하고 있다. 바닥을 청소하고 필요 없는 물건들을 제거함으로써, 물건들을 차곡차곡 쌓아 나가는 작업을 진행한다. 공간이 협소할 때는 효율적으로 사용하기 위해 물건들을 세심하게 쌓아 올리는 것이 필요하다.

아이들의 서랍 속 옷들을 접어 정렬한다. 바구니도 나란히 배치하고, 그 안에 양말과 속옷, 얇은 티셔츠들을 넣어 정돈한다. 거실에는 아이들이 공동으로 사용하는 서랍장이 하나 있는데, 큰 옷들은 옷걸이에 걸고, 각 아이가 사용하는 서랍을 맨 위부터 첫째, 둘째, 셋째, 넷째 순서대로 할당했다. 이렇게 함으로써 어느 정도 질서를 유지할 수 있게 되었다.

『책만 보는 바보』에서 특히 기억에 남는 부분은 이덕무가 『사소절(士小節)』에서 선비답게 상추쌈을 싸 먹는 방법에 관해 기술한 대목이다. 상추쌈을 싸 먹는 방식에도 자신만의 철학을 담아낸 이덕무의 이야기는 매우 흥미롭다. 그의 친구 유득공이 상추쌈을 싸 먹는 방식이 이덕무와 많이 다름에도 불구하고, 각자의 방식이 존중받는 모습이 인상 깊었다. 네 아들의 엄마로서 나 역시 나만의 정리 방식이 있으며, 이덕무처럼 내 나름의 정리 방법을 찾아가고 있다.

질서가 보이지 않는 것 같은 순간이 찾아오기도 하지만 나란히,
차곡차곡 놓으면서 질서를 찾아간다. 거창한 질서가 아니더라도
나만의 질서를 찾아간다.

4
장

정	리	가		쉬	워	지	면	서
행	복	도		쉬	워	졌	다	

하고 싶은 일이 많아서 더 정리합니다

베트남 다낭의 미케비치 해변에서 베트남 사람들의 이야기 소리가 간간이 들리는 중에 『세계의 말들』의 베트남어 부분을 읽었다. 신견식의 『언어의 우주를 항해하는 법』 등 언어에 대한 깊은 이해를 담은 글들은 다양한 언어에 대한 나의 관심을 불러일으켰다. 이미 중국어, 인도네시아어, 일본어에 입문한 나는, 영어를 더 잘하고자 영어원서 낭독에 도전하고 있다. 산책길에는 성경 말씀을 오디오로 듣기도 한다.

지난해에는 일본어를 배우고 수업에 적용하는 교내 전문적 학습공동체를 운영했다. 이 과정에서 일본어와 우리의 언어와 문화를 비교하며 새로운 교육적 접근을 발견했다. 일본어

그림책 모임에 참여하며, 일본어를 읽지 못함에도 불구하고, 그림을 통해 이야기를 추천하고 공유했다. 언어에 대한 나의 열정은 나를 더 넓은 세계로 이끄는 디딤돌이 되고 있다.

이처럼 하고 싶은 일이 많아서 더욱 정리한다. 정리를 통해 얻는 질서와 여유는 새로운 언어를 배우고, 다양한 문화를 경험하는 데 필요한 시간과 공간을 마련해 준다. 언어의 세계로의 여행은 계속되며, 이 여정에서 정리는 내게 더 많은 가능성을 열어준다.

나는 〈파친코〉 영화를 보면서 재일교포의 삶을 알게 되었고 일본어를 배우며 일본과 우리나라의 관계에 대해 더욱 알아가고 있다. 일제의 침략 전쟁 당시 조선의 청년들이 포로 감시원으로 인도네시아 등 남방 국가에 가게 되었으며 전범 재판을 받고 형장의 이슬로 사라졌다는 것을 알게 되었다. 힘없는 나라에 태어나 짧은 생을 마감한 그들의 삶을 읽고 가슴이 먹먹했다. 그들의 이야기를 찾아 『콰이강의 다리』, 『먼 북으로 가는 좁은 길』을 읽고 있고, 위안부 『겹겹』, 『위안부 이야기』를 읽고 있다.

태교와 아침 독서에서 시작한 나의 독서 습관은 이제는 주
체할 수 없을 정도로 커졌다. 가족을 보살피고, 다양한 관심
사를 가지고 성장하기 위해 더욱 정리가 필요하다는 것을 깨
닫는다. 가사노동뿐만 아니라, 책을 읽고 새로운 지식을 습
득하는 것이 나의 삶을 풍부하게 한다.

『일일일책』의 저자처럼 하루에 책 한 권을 읽는 것이 목표
이며, 인공지능 시대에 살고 있는 우리는 읽고 써야 한다는
것을 깨닫는다. 정리는 내가 알고 있는 것과 모르는 것을 구
분하고, 내가 서 있는 지점을 이해하는 데 도움을 준다. 다양
한 언어와 문화, 역사적 사실을 알아가는 과정에서 정리는
나의 삶에 더 많은 가능성과 깊이를 더한다.

스코틀랜드에 있는 한 성이 5천만 원에 매매된다는 광고를
보고, 그 섬이 어디에 있는지 어떤 섬인지 알아보았다. 부족
한 영어 실력으로 영어 사이트를 탐색하며 북대서양을 여행

하는 기분을 느꼈다. 섬에는 60여 명이 살고 있으며, 이 섬의 브로우 로지 성은 200년의 세월을 거치며 풍파에 허물어졌다. 20억 달러를 투자해 성을 리모델링하고 변신시킬 사업가를 찾고 있다고 한다. 또한 섬의 아름다운 자연경관을 배경으로 요가도 하고 뜨개질도 배울 수 있다고 하니 매우 매력적이다. 어떻게 변화될지 매우 기대가 된다. 하지만 이런 상황이 우리나라의 미래 모습일 수도 있다는 생각에 불안함도 든다. 우리 조상의 유산을 보존하고 고쳐 줄 다른 나라 사람을 찾아야 할지도 모르는 상황이 생기지 않기를 바란다. 가장 중요한 것은 호국선열들의 정신을 후대에 잘 전달하고 싶은 마음이다. 대한민국의 교사로서 나의 역할을 잘 수행하며, 아이들에게 올바른 가치를 가르치고 우리나라를 지키는 데 기여하고 싶다.

하고 싶은 것이 많을수록 주변을 정리하고 내가 서 있는 지점을

알아간다.

잡동사니 잘 지키기

젠가를 해 본 경험이 있을 것이다. 젠가 조각을 차곡차곡 쌓아두고 조각을 돌아가면서 하나씩 빼낸다. 무너지지 않도록 조심히 조각을 빼야 한다. 젠가는 무게 중심을 흩트리지 않는 조각을 빼야 유리하다. 어느 날 잡동사니도 젠가라고 생각해 보았다. 집을 어지럽히는 잡동사니 젠가는 반대로 빨리 무너뜨려야 한다. 잡동사니는 뒤엉켜 있어서 잘 해체될 것 같지 않아 보인다. 그 잡동사니에서 무엇을 빼야 와르르 잘 무너뜨릴까? 잡동사니에서 무게 중심을 흐트러뜨릴 수 있는 것을 찾아본다. 우선 크기가 크거나 양이 많은 것이다. 그것들을 찾아서 하나씩 빼 보면 어느새 잡동사니는 흩어지고 사라지게 된다.

'잡동사니는 별것 아니며 잘 무너진다.'라고 생각하니 금세 정리가 되었다. 되도록 잡동사니를 만들지 않을뿐더러 미리 정리해 두는 습관을 기르고자 노력했다.

『훔쳐라, 아티스트처럼』의 저자 오스틴 클레온은 어머니로 부터 잡동사니를 모은다고 혼이 났지만, 지금은 그 잡동사니에서 창조적 영감을 얻어 새로운 작품을 만들어내는 아티스트가 되었다. 잡동사니가 반드시 나쁜 것만은 아니라는 것을 알게 되었다. 창조의 원천이 될 수도 있는 잡동사니와 단순한 잡동사니를 구분하기 위해선 정리가 필요하다. 물건들을 잘 정리해 두어 가족들이 생활하는 공간에서 불필요하게 활개 치지 않도록 잘 관리하는 것이 중요하다.

바느질 도구와 미술용품을 즐겨 모으는 나는, 재작년에 바느질 학습 동영상을 제작할 때 그 재료들을 활용해 동영상의 질을 높일 수 있었다. 좋은 재료들을 평소에 모아두었던 것이 큰 도움이 되었다. 초등학생 때 배운 동양자수, 중학생 때 만든 블라우스, 고등학생 때의 프랑스 자수로 놓은 앞치마와

바늘쌈지는 지금도 보관 중이다. 이런 소중한 추억들이 바느질에 대한 나의 열정을 더욱 키워준다.

신규 발령 후에는 퀼트 샵을 다니며 바느질에 더 몰두했다. 출근용 가방, 친구의 결혼 선물로 만든 토기 부부 인형, 아이들을 위한 티라노사우루스 인형까지, 내 손으로 만든 수많은 작품들은 나의 바느질 여정을 증명한다. 교사로서의 10년을 기념해 리폼 학원에 등록하여 바지를 치마로 바꾸고 레이스를 달아 예쁘게 꾸미는 작업에도 도전했다. 이 모든 과정을 통해 나는 천을 보며 만들어질 모습을 상상하는 것에서 큰 즐거움을 느낀다.

이렇듯 잡동사니라 여겨질 수 있는 바느질 도구나 미술용품도, 내가 사랑하고 열정을 가지고 있는 취미활동을 위한 소중한 자원이다. 이런 물건들을 잘 지키고 정리하며, 창의적인 활동에 활용하는 것은 나의 일상에 큰 기쁨과 만족을 준다.

내 취미와 열정을 학생들과 공유하고자 작년 한 학기 동안 우리 반 학생들에게 바느질을 가르쳤다. 이 과정에서 아이들은 특별하고 재미있는 바느질 도구들에 큰 관심을 보였다. 그동안 쌓아온 재료들이 빛을 발하는 순간이었다. 이 물건들을 용도별로 정리하여 상자에 담아두니, 필요할 때마다 손쉽게 사용할 수 있어 마음이 더욱 가벼워졌다.

하지만 나의 삶은 바느질만으로 채워져 있지 않다. 엄마의 책임과 집안일, 나만의 취미생활을 균형 있게 유지하려 노력한다. 아기가 잠시 잠든 사이에 책을 읽거나 바느질을 하는 등, 나의 관심사와 취미를 소중히 다루며 삶의 질을 높여왔다. 친정엄마의 걱정에도 불구하고, 아이들에게 필요한 집중과 사랑을 주면서도 나 자신을 돌보고 내 열정을 살리는 방법을 찾는다. 육아는 많은 에너지를 요구하지만, 그것이 나의 모든 관심사를 포기해야 함을 의미하지는 않는다.

일상에서 영감을 주지 않는 잡동사니는 분명히 존재한다. 이런 불필요한 물건들을 정리함으로써 집안을 깔끔하게 유지하고 마음에 여유를 찾을 수 있다. 매일의 정리 습관을 통해 나의 삶과 창조적인 영감을 유지한다. 창조의 원천이 될 수도 있는 잡동사니는 잘 지켜나간다.

정리생활자의 한마디

잡동사니 중에 창조적 영감을 주는 것이 있다. 창조적 영감을 주지

않는 잡동사니가 집안에 떠돌아다니지 않도록 관리한다.

정리가 쉬워졌어요

여행을 떠날 때마다 숙소에서의 쉼이 주는 즐거움을 크게 느낀다. 호텔이 제공하는 식사와 청소 서비스 덕분에 일상의 바쁜 시간을 잠시 내려놓고 휴식을 취할 수 있다. 이러한 경험은 일상에서 벗어난 해방감을 선사하며, 매일 반복되는 수건 개기나 빨래 같은 집안일로부터의 일시적인 자유는 소소한 행복으로 다가온다.

호텔에서 경험하는 깔끔한 이부자리와 단정한 수건은 일상에서도 그러한 행복을 추구하게 만든다. 이부자리를 정돈하고, 식사 준비 후의 설거지를 가끔은 대신해줄 누군가에게 맡겨보는 것도 좋은 방법일 것이다. 이 모든 것이 무료로 제공되는 것은 당연히 아니다. 호텔에서 머무는 동안 결제한 금액에 상응하는 서비스를 통해 일상의 번거로움에서 잠시 벗어날 수 있다는 사실에 감사함을 느낀다.

이러한 여행의 경험은 일상으로 돌아왔을 때도 정리와 청소에 대한 새로운 관점을 제공한다. 나의 일상에서도 효율적이고 지속 가능한 방법으로 깨끗하고 정돈된 공간을 유지하는 것이 중요하다는 것을 깨닫게 되었다. 가벼운 마음으로 일상의 정리를 즐길 수 있는 방법을 찾아보는 것, 그것이 여행에서 배운 교훈 중 하나다.

호텔에서의 조식 서비스는 매일 아침을 특별하게 만든다. 설거지 없이 다양한 메뉴를 즐기며, 평소에 바쁜 식사 준비와 정리 대신 글을 쓰고 책을 읽는 시간을 가질 수 있어서 더욱 좋다. 이런 경험은 평범한 일상에서 벗어나 여유롭고 풍부한 시간을 보낼 수 있게 해준다. 낯선 장소에서의 시간은 마치 늘어난 듯 느껴지며, 가족과의 관계도 더욱 돈독해진다.

'다낭 박물관' 방문은 그 지역의 역사와 문화를 깊이 이해할 기회였다. 전쟁과 그 시대 사람들의 삶에 대해 배우며, 바다가 그들에게 얼마나 큰 의미인지도 깨달았다. 여유로운 시간을 박물관 투어로 보내며, 가족들과 함께 새로운 경험을 나누는 것은 더없이 소중한 순간이었다.

이러한 여행은 일상의 정리가 단순히 물리적 공간의 정돈을 넘어서, 삶의 질을 높이고, 자신과 가족의 행복을 극대화하는 중요한 역할을 한다는 것을 깨닫게 한다. 여행에서 느낀 편안함과 여유로움을 일상에서도 구현해보고자 하는 마음이 커진다. 이를 위해 더욱 체계적으로 정리하고, 생활 속 작은 여유를 찾아 나선다. 여행이 주는 영감으로, 일상에서의 정리가 한층 쉬워졌음을 느낀다.

여행 중에도 때때로 정리 욕구가 찾아오지만, 이 시간은 휴식과 즐거움에 집중하기로 한다. 여행의 편안함 덕분에 평소와 다른 삶의 리듬을 경험하며 몸과 마음이 가볍다. 그러나 호텔 생활에서 느끼는 불편함도 있다. 제공되는 수건의 개수가 정해져 있어 수건이 필요하면 추가 요청이 필요하고, 퇴실 시에는 그 개수를 정확히 맞추어 반납하는 과정도 필요했다.

호텔에서 깔끔하게 정리된 식탁과 다양한 메뉴의 아침 식사는 큰 즐거움이지만, 때로는 집에서 내가 직접 만든 한국 음식이 그리워지기도 한다. 줄을 서서 기다려야 하는 음식에 대한 소소한 불편함조차 여행의 일부로 받아들이며, 일상으로 돌아갔을 때 내가 조리하고 즐기는 음식의 가치를 새삼스레 인식하게 된다. 이 경험은 일상의 정리가 얼마나 소중한지, 그리고 내가 직접 조리하는 음식의 의미를 다시금 깨닫게 해준다. 여행은 나에게 휴식뿐만 아니라, 일상에 대한 새로운 시각과 감사함을 선사한다.

여행에서 돌아온 후, 가족들은 각자의 소감을 나눈다. "우리 집이 제일 편해.", "우리 집이 제일 좋아."라고 말하는 아들들의 목소리에서 집의 소중함을 다시금 느낀다. 호텔에서의 경험은 새로움과 편안함을 제공했지만, 결국 가족이 모여

사는 '우리 집'의 안락함과 편안함을 대체할 수는 없다는 것을 가족 모두가 공감하는 순간이다. 호텔처럼 완벽하게 정돈된 공간을 꿈꾸는 엄마는, 가족들의 말에 공감하며 집의 가치와 중요성을 새삼 느낀다. 이러한 가족의 소감은, 어떤 외부 환경보다도 가족이 함께하는 '집'이 가장 큰 행복과 안식의 장소임을 상기시켜 준다.

때때로 아무 정리도 하지 않는 생활을 하기 위해 여행을 떠난다. 여행은 일상의 소중함을 깨닫고 정돈된 삶의 중요성을 재확인하는 시간이 된다.

진정한 자유를 찾아서

집안일이 간단해 보이지만 다방면에 지식이 필요한 복잡한 일이다. 별 준비를 하지 못한 채 결혼했고 가정을 꾸렸다. 집이라는 공간이 아늑한 둥지가 될줄 알았지만, 가족이 늘수록 감당해야 할 일은 많아졌다.

일과를 마치고 일터에서 돌아와 휴식을 청한다. 하지만 아침에 먹었던 국, 밥그릇이 싱크대에 쌓여 있고 벗어던지고 갔던 티셔츠가 나를 맞이한다. 기본적인 의식주를 해결할 수 있는 편안한 공간이 되길 바라지만 호텔에서 받았던 서비스는 없다. 아무도 우리 집을 정리해주지 않는다.

정리를 미루고, 정리 습관이 없었던 때에 우리 집에서는 밀린 빨래, 분리수거, 설거지, 청소에 관한 이야기가 자주 오 갔다. 그런 날이 자주 있으면 일상이 더욱 힘들었다. 때때로 눈앞에 보이는 혼란스러움이 생각에까지 영향을 미쳤다. 집을 정리하는 습관을 기르다 보니 가정의 다툼도 조금씩 줄어들었다. 억눌렸던 감정들도 자유로워졌다.

김익한 교수는 『거인의 노트』에서 '인생의 본질은 자유를 찾는 과정'이라고 했다. 내가 하지 못했던 것을 할 수 있게 되는 일은 인생에서 자유의 영토를 넓히는 과정이며 결국 반복적인 연습으로 현실과의 격차를 메우면 자유롭게 하고 싶은 일을 해낼 수 있다는 것이다.

진정한 자유를 위해 정리에 관한 내 생각을 다듬어 갔다. 먼저 '나는 정리 못해.'라고 스스로 규정하지 않으려고 노력했다. 정리를 못한다고 생각하니 정리가 어렵게 느껴졌고 정리를 피하게 되었다. 정리와 집안일은 내가 할 일이 아니라고 생각하는 순간, 불평이라는 방해꾼이 정리할 수 있는 나의 자유를 제약했다. 그래서 정리와 집안일이 나의 자유, 생활을 방해하는 방해물로 생각하는 순간을 경계한다. 나의 삶에 사소한 혼란들이 틈 타지 못하게 정리 자유를 충분히 누린다. 정돈된 생활이 나를 자유롭게 도와줄 것이다. 또 내가 오늘 한 정리를 요약하고 기록해두는 것만으로도 좋은 피드백이 되었다. 오늘도 정리 자유를 얻고 싶어서 인증사진을 찍으면서 정리기록을 남긴다.

내가 생각하는 것을 온전히 글로 남길 수 있다면 얼마나 좋을까? 일상을 정리로 가꾸고 글로 기록하는 것도 나에게 자유의 영토를 넓히는 것 중의 하나다.

가부장적 분위기와 집안일에 매여 있던 시대, 읽고 쓰는 것이 자유롭지 않았던 여성들의 삶이 더욱 궁금해졌다. 문학계에 이름을 남길만한 여자들은 자신의 공간을 어떻게 가꾸었을까? 『글 쓰는 여자의 공간』이라는 책으로 그들의 삶을 엿볼 수 있어서 기쁘다. 많은 여성 작가가 등장했다. 어떤 작가는 책상과 타자기만 있으면 글을 쓸 수 있다고 했다. 작가에게 글을 쓸 수 있게 만든 그들의 공간은 흥미로웠으며 그들의 글쓰기 실력이 부러웠다. 책에서 소개한 작가 중 결혼하지 않고 글만 썼던 작가가 많았다. 책을 쓸 시간이 많았던 미혼의 작가들도 부러웠다. 하지만 아스트리드 린드그렌은 딸을 간호하면서 『삐삐 롱스타킹』을 썼다고 한다. 아픈 딸을 간호하며 이야기를 들려주다가 만든 책은 사랑 그 자체였다. 아픔과 사랑의 시간을 글로 엮어낸 작가의 삶과 작업공간은 나에게 더 큰 감동을 주었다. 책의 마지막에 소개된 추리 소설의 대가 애거사 크리스티는 주방을 배경으로 앞치마를 한 차림의 모습이었다. 그녀는 집안일을 하면서 글을 썼다고 했다. 그렇게 많은 책을 집안일을 해가면서 썼다니 놀랍다. 나도 네 아이의 엄마라서 시간이 없다고 이야기하기보다 네 아이를 키우는 이야기들을 글로 남기고 싶다.

어떻게 집을 가꾸고 일상을 가볍게 살아가면서 진정한 자유를 누릴까? 혼돈과 정리, 어수선함과 단정함, 정리와 정돈 사이에 길을 잃고 서 있었던 내가 있었다. 모으고, 버리고, 제자리에 두는 삶을 살면서 차츰차츰 안개가 걷혔다. 어제보다 더 나은 나를 만난다. 지나온 삶을 뒤돌아보니 점으로 연결되는 것도 보인다. 나는 집안일만 하는 사람이 아닌 집안일도 하는 사람이 되고 싶다. 오늘도 정리 인증사진 한 장으로 정리의 자유를 만난다.

정리생활자의 한마디

인생의 본질을 찾기 위해 나의 공간을 가꾼다. 집안일과 내가 좋

아하는 일을 자유롭게 하려면 정리하는 습관이 필요하다.

나의 삶에 사소한 혼란들이 틈 타지 못하게

정리 자유를 충분히 누린다.

정돈된 생활이 나를 자유롭게 도와줄 것이다.

나를 만나는 슬기로운 정리 생활

'더 이상 추가할 것이 없을 때가 아니라 더 이상 뺄 것이 없을
때, 완벽함이 성취된다.'

- 앙투안 드 생텍쥐페리

정리 책을 쓰고 싶은 꿈이 이루어지는 순간이다. 정리 못
하는 사람이 쓴 '정리 책'은 어떨까? 정리를 못한다고 온 세상
에 소문나는 것은 아닐까? 걱정하는 마음이 앞선다. 심한 강
박증을 앓는 사람이 쓴 책을 읽은 적이 있다. 원래는 교사였
지만 강박증이 심해져서 서점을 운영했는데 이 일마저 강박
증으로 힘이 들어 다른 일을 하기로 마음먹었다고 한다. 그

래서 결국 선택한 일이 바로 학교 경비원이었다. 그는 강박적으로 반복하는 자기 행동을 알고 있었지만 스스로 통제할 수 없어서 한 장소에 몇 시간씩 가만히 서 있는 경비 일을 선택한 것이었다. 자신의 솔직한 이야기를 담은 그 책이 기억에 남고 마음에 와닿았다.

정리로 힘들어했던 솔직한 나의 일상을 나누면, 정리로 힘들어하고 고통받는 누군가는 위로받을지 모른다는 용기로 이 책을 쓰기 시작했다. 한 문장, 한 문장 쓸 때마다 나의 정리 과정을 떠올렸다. 나만의 정리 이야기를 글로 옮기며 오히려 내가 위로받는다.

정리하면서 발견한 것 중 하나는 내가 일을 미루고 회피하는 경향이 있다는 것이었다. 우리 뇌는 실제로 경험하지 않은 상황조차 생각만으로도 그 상황을 실제로 겪는 것처럼 반응한다고 한다. 이는 뇌의 정상적인 반응이지만, 이를 잘 활용하는 것이 중요함을 깨달았다. 더 이상 핑계를 대지 않고, 생각에서 행동으로 즉시 옮기는 것이 나를 변화시키는 방법임을 알게 되었다. 이러한 변화로 인해 일상에서의 정리가 이제는 부담이 아닌 즐거움으로 다가온다.

또한 물건을 소유하는 것이 불안을 해소해 줄 것이라는 착각 속에서 물건 뒤에 숨으려 했던 나 자신을 마주했다. 실제로 물건들이 나를 보호하기는커녕 때로는 위협적으로 다가왔던 순간들이 있었다. 이제는 물건에 숨지 않으려 한다.

아들 네 명을 키우면서 느끼는 버거움을 견디고, 더 넓고 큰 사람으로 성장하기 위해 시작한 정리가 결국 가족을 더욱 행복하게 만들어주고 있음을 느낀다. 결혼 생활, 육아, 직장 생활에서 마주친 문제들을 하나하나 정리했다. 정리는 마치 구멍 난 청바지에 패치를 하듯, 내 삶의 틈새를 메우는 작업이었다.

이 책이 세상에 나오기까지 우여곡절이 많았다. 그럼에도 정리하는 삶과 사랑하는 가족의 소중함을 깨닫게 하시며 상황과 여건을 허락하신 하나님께 먼저 감사드린다.

책이 나오도록 끌어주신 미다스북스 출판사와 이다경 편집장님, 더불어 가르치는 것과 성장에 진심이신 자기경영노트, 정오의 희망, 오후의 발견 모든 선생님들, 늘 힘이 되는 좋은 동료들에게 감사를 드린다.

사랑하는 남편 진성현, 네 아들 하임, 하윤, 하진, 하엘에게도 고마움을 표한다. 언제나 나의 든든한 지원군이자 우리 가정의 행복을 위해 노력해주시는 친정 부모님과 기도해주시는 모든 분들에게도 깊은 감사를 전한다.

영화 〈더 디그〉에서 '프리티'씨의 말처럼, 인생은 덧없이 흘러가는데 정말 붙잡아야 할 순간들이 있다. 그 순간들을 놓치지 않기 위해 정리하는 삶을 선택했다. 이 책이 여러분의 일상 속에서도 정리의 중요성을 일깨우고, 단순한 정리를 넘어 자신만의 의미 있는 정리가 될 수 있기를 바란다. 당신의 슬기로운 정리 생활을 응원한다.

결혼 생활, 육아, 직장 생활에서 마주친 문제들을 하나하나 정리했다.

정리는 마치 구멍 난 청바지에 패치를 하듯,

내 삶의 틈새를 메우는 작업이었다.

참고 문헌

영감을 준 책들

『두 남자의 미니멀라이프』 조슈아 필즈 밀번, 라이언 니커 디머스, 책읽는수요일, 2013년

『도미니크 로로 심플한 정리법』 도미니크 로로, 문학테라피, 2013년

『정리가. 필요한. 인생.』 루스 수컵, 수오서재, 2017년

『멈추고 정리』 루스 수컵, 코리아닷컴(Korea.com), 2016년

『하루 15분 정리의 힘』 윤선현, 위즈덤하우스, 2012년

『곤도 마리에 정리의 힘』 곤도 마리에, 웅진지식하우스, 2020년

『물건을 절대 바닥에 두지 않는다』 스도 마사코, 싸이프레스, 2021년

『아무것도 없는 방에 살고 싶다』 미니멀 라이프 연구회, 샘터, 2016년

『나는 단순하게 살기로 했다』 사사키 후미오, 김윤경, 비즈니스북스, 2015년

『물건은 좋아하지만 홀가분하게 살고 싶다』 혼다 사오리, 심플라이프, 2016년

『심플하게 산다』 도미니크 로로, 바다출판사, 2012년

『훔쳐라, 아티스트처럼』 오스틴 클레온, 중앙북스(books), 2020년

『아주 작은 습관의 힘』 제임스 클리어, 비즈니스북스, 2019년

『책만 보는 바보』 안소영, 보림, 2005년

『인간의 대지』 앙투안 드 생텍쥐페리, 펭귄클래식코리아,
2015년

『행복한 청소부』 모니카 페트, 풀빛, 2000년

『서랍에서 꺼낸 미술관』 이소영, 창비, 2022년

『일일일책』 장인옥, 레드스톤, 2017년

『유배도 예술은 막을 수 없어』 신승미, 김영선, 다른, 2022년

『읽기의 말들』 박총, 유유, 2017년

『한자는 어떻게 공부의 무기가 되는가』 한근태, 클라우드나
인, 2021년

『쓰는 직업』 곽아람, 마음산책, 2022년

『원씽』 게리 켈러, 제이 파파산, 비즈니스북스, 2013년

『연금술사』 파울로 코엘료, 문학동네, 2001년

『빌린 책, 산 책, 버린 책』 장정일, 마티, 2010년

『세계의 말들』 구로다 류노스케, 유유, 2023년

『언어 공부』 롬브 커토, 바다출판사, 2017년

『언어의 우주에서 유쾌하게 항해하는 법』 신견식, 사이드웨

이, 2020년

『도서관은 살아 있다』 도서관여행자, 마티, 2022년

『에이트』 이지성, 차이정원, 2019년

『글은 어떻게 삶이 되는가』 김종원, 서사원, 2023년

『1923년생 조선인 최영우』 최영우, 최양현, 효형출판, 2022년

『스토너』 존 윌리엄스, 알에이치코리아(RHK), 2015년

　아들 넷 엄마의 슬기로운 정리 생활